老树醒着

菊女——著

电子科技大学出版社

图书在版编目（CIP）数据

老树醒着 / 菊女著 .—成都：电子科技大学出版社，2018.3（2025.4 重印）
ISBN 978-7-5647-4604-9

Ⅰ .①老… Ⅱ .①菊… Ⅲ .①散文集—中国—当代 Ⅳ .① I267

中国版本图书馆 CIP 数据核字（2017）第 127514 号

老树醒着
LAOSHU XINGZHE
菊 女 著

策划编辑 杨仪玮
责任编辑 杨仪玮

出版发行 电子科技大学出版社
成都市一环路东一段 159 号电子信息产业大厦 邮编 610051
主　　页 www.uestcp.com.cn
服务电话 028-83203399
邮购电话 028-83201495

印　　刷 三河市天润建兴印务有限公司
成品尺寸 155mm × 230mm
印　　张 16
字　　数 203 千字
版　　次 2018 年 3 月第一版
印　　次 2025 年 4 月第三次印刷
书　　号 ISBN 978-7-5647-4604-9
定　　价 49.80 元

序言

故乡，在哲思与诗意中回望

菊女的散文集《老树醒着》即将出版，作为结识时间不长但自觉一见如故的文友，既深表祝贺，更期待早日拜读纸媒大作。

菊女约我为文集作序，实感文才和学养不济，难以胜任，但又实在痴迷菊女的作品，也为她的诚恳和病中笔耕的精神所感动，就作为先学者，聊一聊我的学习体会吧。

在阅读这部散文集时，我一直试图将其置于菊女的整体艺术世界和生活背景中，运用结构主义研究方法，抽象出几个关键词，勾勒文集的框架和核心思想，无奈，文本太过丰富，恐怕不是几个词能够概括了之的。

在对菊女作品仅有的阅读和生活的部分了解中，我暂且将她的世界化为两个区块，一个是家乡，一个是路上。家乡叙事主要呈现在《老树醒着》这部文集中，在路上，即菊女自称流浪的叙事可能是下一部散文集《流云带走我》的主要内容——我没有看到全部作品，只是根据菊女分享的个别篇章猜测。这两部作品基本构成了菊女的主要艺术世界和生活经验："家乡"是她时空和精神追寻的起点和归程；"路上"是她"流浪”，即追寻的过程，包括以攀登悬崖峭壁寻找野茶作为事业，数次自驾进入青藏高原无人区朝谒圣山圣水，皆为寻找人生的“终极故园”。

《老树醒着》处处能让读者感受到作者用文学形式探索哲学问题的表达，最集中的体现是死亡叙事。在《大表兄》《哑巴叔叔》《牛屋与它的主人》等篇章中，作者屡屡叙述故土亲友的离世。生与死，是生命中的两种形态，构成了人生命的全部内容和过程，所以，施津菊说：“文学创作如有永恒的主题，首先就是生与死，然后才谈得上爱与恨。”［《性别差异中的死亡叙事》，天津师范大学学报（社会科学版），2014年3期］《老树醒着》自觉不自觉地契合了这一理论，将生死先于、优于爱恨主题进行文学探索。

作者说：“虽说要尊重死亡，但必须是在尊重生命的前提下。”（《几声故土情》）这句话是否可以这样理解，在尊重生命的前提下，要尊重死亡。如果逻辑关系成立，可以说，这是本书中作者生死观的集中阐释。

在这一生死观的指导下，菊女的死亡叙事具有独特的哲学考量和审美表达，她完整地再现了亲人们从“生”到“死”的完整人生历程，而不是像有的作家那样聚焦甚至迷恋死亡叙事。她笔下的亲人生活在故乡的老屋，劳作在田间，如一粒尘土，如一棵青草，作为最普通的生命而存在。他们安心于自己狭小的世界，似乎被整个世界遗忘，但他们是世界的主体，其存在和价值可能暂时被遮蔽，但不能消失。

于是，我们在读《我的奶奶》《大表兄》《哑巴叔叔》《鬼附体的陈婆和四叔》时，无论他们是深爱“我”的奶奶，还是曾经年轻有为的大表兄，还是天生残疾的哑巴叔叔，还是被“捆同”的陈婆，读者都能从他们的故事里，感受到那勃勃的生命律动。他们的养儿育女、娶妻生子、婆媳争吵、思念亲人、鬼魂附体、安葬故老，生命无不闪耀着光芒，彰显着不朽的厚重的生命价值。

作者写自己少女时代发生在故乡那些珍贵的懵懂情意时，也与故乡那片热土紧紧联在一起，如《橘林深处》和《我家门前有条河》。在菊女心理故乡的大框架内，一种深沉的爱可以总括其中所有。

她笔下的死亡，大多因病自然离去，少有意外或怪诞的事故发生，就是几位幼时见到过的喝农药死的乡亲，也是为突出那个年代大环境的悲哀。这证明再小的角落，都与时代的大命题捆绑着。她不追求情节的离奇，不炫耀死亡的恐惧，不沉醉死亡叙事的狂欢。在这里，死亡叙事呈现出日常叙事形态，每一个个体生命都得到了平等的关注和尊重，字里行间潺潺流淌着慈悲和深爱。菊女以平常之心看待生死，以虔诚谦卑的文化立场观照家乡的亲人，用朴素和空灵有机结合的文字，让普通人的“生”氤氲着如梦如幻的诗意，让“死”安详地栖息在尘世里，不被惊扰。

老树醒着，“静静地看着我和我的邻里乡亲，带着日子走过去”，也静静地鲜着，绿着，向后来人述说着这方水土、这方乡民的不为人知的鲜活历史。

这也是文集题目“老树醒着”的意义所在吧。

“老树醒着”很容易引发读者这样一个思考：作者“一遍遍决然离开它（指故乡）又一遍遍走回来”，在“得医生通报”后，急急忙忙“认真对待”《老树醒着》的写作，和她“多年的流浪”追寻的“终极故园”有什么关联？我理解故乡和一个个普通的生命，即是她的“终极故园”，至少是主要的组成部分，只是“有些亲爱与抵达只能用告别和出发的方式”，“家乡是我们灵魂的奠基地”，是启程和归来的精神家园。

除了故乡的人和事，《老树醒着》还记录了其他一些平常日子里的温暖和美好，如《生死蝶》《临春的一点回忆》等，举重若轻的运笔，不动声色处，却让人深刻感受到那些关于爱的永恒穿透力。

按照文化学的理论和解读方法，这部作品包含了众多的文学命题，如

“死亡”“爱情”“追寻”“流浪”“离别”等，也运用了大量的神话原型，如“河流”“月亮”“老树”“蝴蝶”等。在众多的文学命题中，会有一个中心母题，我以为是“死亡”； 在丰富的神话原型体系中，会有一个核心原型，我以为是“老树”。无论是文学命题还是神话原型，它们都主要具有以下几个功能：一是增强了作品深厚的历史文化底蕴；二是构建了作品的地域文化特色；三是搭起了创作和接受之间的桥梁，两者容易产生共鸣。我以为，这几个功能在《老树醒着》中都有充分的体现，也可以说，是其审美价值和乡土文明价值的重要所在。

在这里，不得不再啰唆两句的是，菊女散文的诗化特征。它主要体现在事件与环境、叙述与抒情的高频次的自然转换上，也体现在想象空间开阔的基础上和语言的跳跃上，虚实相间，形成了具有古典诗词意境美的文本。比如：

“我是想她了，一直在想着，那双眼睛呵，已附着在我心底最柔软一域。那是尘世仅存的瑰宝，是远古遗下的一滴清露。我想象她意识涣散的那些日子，是不是上天把她重新安排走了一回前生？替她过滤了这人间尘埃，才有如这般澄澈稚气的眸子呵？！”（《春草明年绿》）

“来长沙四个多月了，竟没有认真看过一次黄昏，真是很忙么？这四个月来，我也不知月亮到过这里的夜空没。一天中，这两个时辰最乱旅人方寸。”（《黄昏的童话》）

必须止笔了，所有的文字等待着读者或浅踱，或深耕。

祝菊女身体健康，创作丰沛！

李　枫*

2016年3月27日于大庆

---

*　大庆师范学院中文系教授

目　录

第一折　老树醒着

第二折 恰好在春天

第三折　吉光片羽

第四折　青丝落成言

第一折

老树醒着

大表兄

写在前面：

这些日子，回到老家养病，难得空闲，正好把一些久藏于心的人与事记下来。成一组“老树醒着”系列散文，那是我记忆里的吉光片羽，是我生命中的最重最暖，是我血脉里经年累月流动的呼唤。

岁月的风头上，那棵老树一直醒着，静静地看着我和我的邻里乡亲，带着日子走过去……

多年来，只要看到雪，特别是厚厚的雪，我总会想起大表兄，他端着猎枪，正对准一只野兔，随后，一声清脆的枪响，回旋在茫茫雪野。

我这样地想起他，表兄以前是不知道的，现在就更不会知道了。几个月前，他死了，病死的。

前些天的大雪里，我照例又想起了他，只是更深更沉了。

应该说，大表兄只是存在于我儿时的回忆里多一些。

他是我大姨妈的长子，我母亲是大姨妈最小的妹妹。她们俩年龄悬殊如母女，大表兄比我母亲还大一岁，却叫她小姨。比妈妈还大的大人都叫我妹妹，这让小时候的我很惊奇且也很拽。大表兄的儿子也比我大，叫大喜，得过脑膜炎，憨头憨脑的，也只得叫我姨。小时候的我在大喜面前摆尽了长辈的神气。

他们一直生活在离我们很远的乡下。那时的春节是一定要走动的，大姨妈死了后，来往少了一点。后来我们家随父亲的调动搬得离他们更远了，我也在长大，中学，大学，工作，结婚生子，事也多了，地也挪了，一晃许多年没见过他了。

所以，现在想起他时，都是他年轻时的模样。大表兄长得很帅，我见过他当兵时的相片，一身军装，那叫名副其实的英伟。尤其是他神奇的枪法，烙在我幼小的记忆里了。后来舅舅家的平表兄有空就去他们家，跟着他玩，也打得一手好猎。

几个姨表兄舅表兄以过春节时能与我们一家相聚，能让我慈祥也威严的父亲端上一杯酒，吃上他们亲手猎获的野味为极快乐的事。他们肯定没想到，那个时候的我，也盼望能守到过年与他们那里的一帮野小子们疯，河面上打波冰，雪地里滚，特别是如果能随大表兄去打猎，简直就是人世间幸福快乐的全部内容了。

我有幸成为父母的长女，爷爷奶奶的长孙女，在亲戚里头受重视的程度自然强过弟弟妹妹，落得他们俩只要有机会聚在一起说起往事，总要嘀嘀咕咕，愤愤不平。况且，听说小时候的我，用母亲的话就是“那胳膊如莲藕，一截一截的，白嫩白嫩，那脸圆嘟嘟似圆盘”。（我长成少女后听了回头一吓。）妈妈的意思是我又白又胖，如此“漂亮”，两头的亲戚就更喜欢我了。

大表兄自然也是极喜爱我的。

记得我十岁时，也是雪天，大表兄的大妹妹，我的玉表姐出嫁，母亲带上我去了，路途有些远，那时乡下雪天的交通基本靠两条腿。

快到大姨妈家村头时，天快黑了，我已走得眼泪巴巴，别看亲戚们都喜爱我，可我母亲对我极为严厉，再苦再累只能自己走。就在我眼泪吧嗒时，暮色中的雪地里，大姨妈家几个表兄表姐向我们跑来，他们在村口等我们很久了。

大表兄心疼得一把抱起我，向姨妈家走去，其余的表兄表姐前呼后拥着，跟在后面。还记得那时，路边溪沟里全结了冰，远处田头地间还积着厚厚的雪，家家户户屋顶上飘出的炊烟带着腊肉味。有些热情的乡亲站在家门口笑着与我母亲打招呼：哎呀，幺妹终于来了，都在等你们呢。

由于我从小个头较高，大表兄抱我时，我有了别扭的感觉。一路上，他叫着我乳名，问我这问我那，眉眼里全是笑，那是自心底里生发的喜爱，表兄笑起来那个帅呀。

进了姨妈家门，屋里屋外都是亲戚和乡亲，大表兄依然抱着我，指挥表姐们端来炭火盆，姨妈早就在“心肝肉肉”地叫起我了。

红通通的炭火盆端来了，表兄把我放在椅子上，他蹲着，给我脱鞋，把我两只小脚放在他手掌里揉，搓，底下盆内，火苗在吱吱响。

脚已是暖烘烘的了，他替我穿上棉鞋后，起身在我脸上亲了一口，我条件反射般扭过头，没来得及，他笔挺的鼻尖触在我脸上，冰冰凉。他要我别乱动，就坐在这烤火，改天他给我去猎野味吃。

他忙事去了，而我的周围早已围了一圈小伙伴，他们家大喜也在其中，愣头愣脑地看着我。

大表兄走后，我使劲擦脸，感觉那鼻尖的冰凉还在我脸上，心里不舒服了很久。

虽然大表兄好几次答应我要带我去打猎，但终究没实现，春节待个一天两天的，母亲不许我跑远，老说明年明年吧。我只是见过表兄背着猎枪，拎几只野物从外面进门，一脸笑。任何时候见到他，他好像都在笑。我是从他的枪与猎物中，想象出他打猎时的潇洒，我见过他在家门口打麻雀，一枪命中。

他像许多乡下人一样，乐观，简单，自然纯朴地过着日子，好像对生活没有任何抱怨与要求，只是，爱喝两杯酒，也爱喝醉。

有时听大人们说起他，说他要不是当兵前与大表嫂定了亲，他就留在了部队。他在部队表现很出色，好像是哪位首长的女儿看上了枪法超好、俊朗的他。如果他选择留下，大表兄后来的人生将全部改写。

可是他转了业，娶了大表嫂，生了三个孩子，种田，种地，业余爱好就是打猎。我想表兄起初打猎的原因是不是舍不得丢下枪，舍不得当兵的日子呢？

知道他得了胃癌，是去年上半年，在与玉表姐偶然的一次电话里得知的。虽然老家的母亲每一年两年还是会与他们见一面，但我已是十几二十年没见他了，也想象不出64岁的大表兄现在是什么样子了。亲戚间不走动感情确实会淡漠许多，只是听了他的病讯，我坐在椅子上还是吃惊心疼了很久。

其实这么多年一直记得那个约定，一直向往着。每年春节弟弟从成都回来，我们一家在一起聊天时，弟弟总要提起他，总会与我约好哪个时间去看他，跟着他去打一次猎。可惜，这样说了后，各回各处，各忙各事，待到下一年春节时再约时间，如此反复。

如今想来，我们为一些振振有词的借口：譬如成功，譬如责任，譬如幸福等，甘愿被生活累着，追着，实则虚荣着，贪婪着，让那些简单而真实的快乐从身边就那样溜走了。悲叹！有些永远的遗憾就是这样笨出来的。

后来与母亲电话时，问起大表兄的病情，得知母亲早已去看过这位大她一岁的外甥了。母亲说他很乐观，像没事人一样，照样抽烟，喝喝小酒，打打猎，玩玩小牌，拒绝化疗开刀。母亲说，从未见过得了癌症这么淡定轻松的人。

年中回老家时，妈妈抹着泪，说大表兄死了，自己吃毒药死的。可能到了最后日子，疼痛已不能让他再自由自在地喝酒、打猎了，他只能躺在床上，等着亲人们的侍候照顾，等着杜冷丁一支一支的短时麻木，等着点滴延缓时日，让他毫无尊严地看着死神慢慢逼近。所以，他不习惯这样活着，他趁自己还能走动提前终结了生命，在死神面前赢回了尊严。

那时，应该只有他的猎枪挂在离他不远的壁上，庄严、安静地望着它的主人与它诀别，踏上归程。

我这一生随他去打猎的梦想，只能约到来生的“明年”了。

有雪的日子，我还是会看到雪地里奔跑着一只野兔，一声清脆的枪响后，浮起大表兄爽朗的笑容。

还有，他冰凉的鼻尖，那盆火苗吱吱的炭火。

2011年1月于安乡

哑巴叔叔（一）

他是绝对想不到有一天，会出现在当年那个小菊宝的文字里，当然，我成人之前也没想过。

小时候的我，就已现出性格的双重性了：一方面望着天发起呆来就不识人，前生在天庭里生活的情形好像隐约还记得、想着、忆着，大人们以为我丢了魂；但一旦回过神来，就会率领一帮野小子到处惹祸，也曾淘出过一些很有水平的经典案例，以后慢慢说。

既然这样淘，可想而知我的胆子有多大，但我却怕一个人，就是这位哑巴叔叔。

以前不叫他叔叔，直呼他为哑巴。他们家挨着我奶奶家，我叫他的母亲为舅婆，他父亲是我奶奶一位远房兄弟。

我怕他不是因为他不喜欢我，凶我，恰好相反，是怕他看见我就笑，有时扯着我叽里咕噜，手舞足蹈，不知说些什么。一旦他松开手，我会没命地逃走，很远了，还听到他在我后面发出只有哑巴喉腔才有的怪怪的笑声，毛骨悚然。这之后，我会躲在哪处角落里，心跳很久，有时，还哭会儿。

他们家那时有八个兄弟姐妹，后来只有七个了，他上面的一个哥哥喝药死了。他的哥哥叫“泥巴坨”，哑巴与他哥哥都长得俊，记得“泥巴坨”那时常与我年轻的母亲拉心里话，有时还掉泪，好像是他与哪位姑娘相爱了。

那个时候我虽只有六七岁，却已囫囵吞枣地看了一些古典名著，也能听懂一些大人们的事了。不多久，他就喝农药死了，是因为姑娘家里坚决不同意，说他们家太穷，于是把她嫁到很远的城里去了。

现在我还清晰记得抢救他的情形，他的嘴里满是白泡沫，他的母亲、姐妹拼命呼唤着，哭着，乡亲们在给他不断灌肥皂水，逼他把农药呕出来。那时的哑巴额上全是汗，嘴紧闭着，只一盆一盆的水端来，兑好。但他的哥哥终究还是在亲人们凄厉的哭喊中走了。

我看见哑巴跑到很远的一块菜畦边蹲下，抱着头。

幼小的我，记住了那时有一片昏黄的云静止在天边。

这以后，我看见哑巴沉默过许多日子，逗我的时候少了，我对他的怕意也淡了许多。

都说哑巴聪明，这是不假的。他真是聪明，盖房、摸鱼、挖藕、种田种地，哪一样都比别人出色。在我印象里，他成天在干活，脸上总是挂着笑。最羡慕他的就是他很会捉鱼，那时乡下有一种捕鱼的工具，叫竹箕，用竹子编的一个大筐，人站在沟里，一下一下地往水里罩去，有时里面就能罩到大鱼小鱼的。

有次我提着一个竹篮跟着他，他罩到鱼后往岸上一扔，我就欢天喜地拾起来放进筐内，手忙脚乱中，常常让上了岸的鱼重新蹦回水里去，他看到后会在沟渠里叽里咕噜地笑我一阵。

哑巴有时也带我们一帮孩子们疯。有一年结“牛皮冰”，他带着我们在沟面上溜冰，我因为胖而笨，摔在沟面上半天爬不起来，他后来就一直牵着我的手，顾着我，让别的孩子去摔去爬了。

因为父亲在外地工作，有时他会来帮我们家干些力气活，所以，母亲很疼爱这个哑巴，老说要给他找个好媳妇。后来我们家搬走了，母亲食言了，他的媳妇是别人替他找的。

这之前，我隐约知道哑巴喜欢过村里一位姑娘，我叫她高姨，她的妹妹与我是一年级同学，叫艳。那个时候，高姨是村里为数不多的高中生，听说读书很聪明，一对长长的辫子，下学后，就在家务农了，但她的手里常捧着书，有时去她家，她给我讲书里的故事，说我聪明，今后会有出息，如今想来真是惭愧，辜负了不少人的期望。

去她家玩时，我常看到哑巴从门外丢几条鱼进来，转身就走，有时在路上也能见到他递给艳几支莲藕什么的。当时我没想太多，因为哑巴也常给我们家好吃的。

后来不知什么原因，高姨疯了。有一次我去她们家时，她在阶沿上搭个土灶煮着一块猪肉，黑乎乎的，她拉着我，说要给菊宝做好吃的，说不给哑巴吃，然后笑起来，然后又哭起来，吓得我从此再也不敢踏进她家的门了。

之后的日子里，模糊记得好像高姨的病好了一些，被外县一个做手艺的男人娶走了，还生了两个孩子。

但哑巴好像还是常常递给艳鱼啊莲藕什么的，递了后，依然转身就走。

后来哑巴也结婚了。搬进城后，我随母亲回过几次村，看到了他的媳妇，是一个智力低下的女子，眼睛有些斜视，但她挺欢喜说话，见到我时，好像老早就认得我似的，拉着我的手，娇娇脆脆的：“哎呀，菊啊，真的是好乖好乖哦。”我只是尽力往母亲身后躲，哑巴在一边笑成一朵花。

她见人就说话，全村人都喜欢天真无邪的她，喜欢逗她玩，哑巴总是一旁看着，幸福地笑着。第一次看到她，我马上替蒲松龄《聊斋》里的那个天真疯癫的狐精小翠找到了原型。她跟小翠一样，不管别人怎样逗，她什么话都会说，就是不会说出与哑巴闺房之事。

我真是喜欢她的。

哑巴的三妹住在母亲以前待的那个镇上，有时回老家看望父母及奶奶，上街碰到她，问起哑巴，说他生了一个女儿，很是聪明漂亮。哑巴勤快肯做，他的“小翠”媳妇就在家洗衣做饭，还是成天笑哈哈的见人就说话。

以前乡亲们怕她生了孩子不会带，结果没想到她把孩子带得非常干净，打扮得花一样，日子过得红红火火。他三妹说的时候，满怀欣慰。我走后，也会高兴一整天。

八月份，九十二岁的奶奶过世了，葬在老家村北头的墓地里。车队到了村口时，约四里长的路两边，全是乡亲们，他们凌晨五点就已候在这里，想赶来送他们心里这位菩萨一样的女性一程。

所有人全体下车，鼓乐队走在前，龙杠抬着奶奶的骨灰盒缓缓走在后。我一身孝衣孝帽，被人扶着随在人群里。

经过奶奶从前住过的地方时，队伍停了下来。乡亲们有的在抹泪，有的在放鞭炮，这时，有两个男人抬着担架赶来了，上面坐着一位缩成一团的彻底瘫痪了的老人，她哭得极为伤心，一遍遍叫着我奶奶的名字，一桩桩数着奶奶从前给予他们家的恩情，人群中，哭声一片。

看着这些纯朴的乡亲，几天来一直没掉泪的父亲叔伯们全跪在地下，泪人一般，答谢乡亲们的厚意，答谢这块生他们养他们的故土。我早已哭不出声了。凌晨五点，奶奶火化，进炉的一瞬间，我一声惨叫，肠断心裂，便昏死过去，醒来就没声音了。

睁开孝帽下红肿的眼睛，忽然看到人群中一个熟悉的面孔，是哑巴！是我的哑巴叔叔！他挤在最前面，他认出了我，他含着泪，他又在朝我比比画画，他又在叽里咕噜，身旁是他的“小翠”媳妇，也见老了。她今天没有笑，也没认出我，她牵着她漂亮的女儿，一起跪在路边。

队伍走了过去，许多乡亲跟在我们后面，哑巴叔叔与他的妻女肯定在其中。返程时，我因为身体太虚，被安排提前上车直接回城了。

回程的车中，我虚弱的目光一直望着路边当年那条幽清的沟渠，现在，它又瘦又细，满沟水草长出了暗绿的水面，如同垂老的胡子静谧在纹丝不动的光阴中。哑巴叔叔的竹箕是不能再在里面捕鱼了，当然，岸边再也不会走着那个手提竹篮，笨手笨脚拾鱼的小丫头了。

再回想哑巴叔叔先前闪着泪花的比比画画，我是知道的，他要我不哭，要我节哀。

他，是想念我的，想念我们的。

2011年1月12日于安乡

哑巴叔叔（二）

完全没有想到会有一则哑巴叔叔的续篇。

今天是猴年大年初六，翻出之前“老树醒着”之《哑巴叔叔》，看了下发表日期，才知道时间如风，离今天不知不觉过去五个年头了。

去年除夕那天，与叔叔伯伯一大家人三部车去给爷爷奶奶上坟送灯，本没计划让我去——家族习惯了男人们去做祭祖的事，我要求了下，父亲马上同意了，他知道我对奶奶的情有多深。

去爷爷奶奶墓地必须经过从前的村子，哑巴叔叔的屋在村子的中段。去时，我注意到他家大门紧闭。虽然早已听说他不在了，我还是希望能看到哑巴叔叔正对着我们的车满面笑容，叽里咕噜，比比画画。没能看到他，只看到冬阳落寞地歇在门檐上，铺在院子里，几只鸡躺在一角，懒懒散散的。

回程又经过他的家门，正感叹间，突然看到哑巴叔叔那位曾经娇娇的傻媳妇从屋内走出，神情漠然。她站在院里看着我们的车驰过，我看着她佝偻的身子，风中枯干的发和呆滞的眼神。我想叫住车，却没这个勇气，任由车带着我飞快开了过去。

就是那刻，我想该有一则哑巴叔叔的续篇。

记得那年，上篇文章发表后不久，我陪父母去乡下舅母家，又说起那个小村，父母就带着我走田埂，穿过几个村来到多年未见的我的出生地。我记得哑巴叔叔看到我时开心的模样，他的傻媳妇挽住我，还如从前娇嗲嗲的声音，给我们倒茶，笨拙地搬椅子。我看到他们家的菜园子葱葱郁郁，看到他们家梁上一排排的年货，看到他们的卧室五颜六色，收拾得整整洁洁。

我和父母向哑巴伸出大拇指，他就一直笑着，不时用“啊啊”的语气表示谦虚。而他们俩聪明漂亮的女儿那天应该是在外打工还未回吧？我不记得问没问了。

第二年的某个时候，忽然听母亲说哑巴成神经了，要杀他的傻妻，这简直不能相信。有一次我回到老家镇上，特意去问了在镇上做生意的哑巴的三妹才证实。他三妹说他的精神病越来越厉害，成天一丝不挂来回跑，到处打杀，只好用铁链锁住他关在屋里了。我问他老婆呢？她说哑巴的傻婆娘早就躲娘家去了，女儿嫁了，两边照顾着。

我自然是心疼不已，一再要问出怎么会突然得了这样严重的精神病，而他三妹只说没原因，可能是鬼气妖气找上身了，等等。

这么一说，我就想起喝农药死了的他的祖母，喝农药死了的他的哥哥，喝农药死了的他的母亲。

那个年代的乡下，隔不了多久，就会听到谁家又有人喝农药了。他们对待日子里那些苦难坎坷屈辱，就喜欢用这种极端的决绝方式，向天地画下一个大叉后离去。那是个各种缺失的年代，让人没有渠道获取心灵支撑的能量。这种了结是他们觉得唯一可以倾诉悲愤、了结痛苦的途径。

我那时小小年纪，又怕又好奇地傍在大人身边，在太多这样的死亡面前，认真观察着每个人哭声的高低。悲伤的哭声也会让我流泪，泪眼模糊里，我会想象着那些喝农药死去的人会怎样青面獠牙在某个夜晚回来报仇或凄凄凉凉回来看望亲人。

哑巴的三妹这样随口一说时，我最先想起他那些非正常死亡的亲人是不是回来找他了，但我读的那点书让我明白这绝对是胡扯。可是，这世上总是有许多胡扯的事谜一般存在，比那些不胡扯的事更能让人深信不疑。

然而，就在我偶尔回老家的某一次，终于又想起了哑巴叔叔的病情，赶忙问时不时乡下有消息传来的母亲，她恍然记起似的，说："哑巴死了啊，死很久了。"母亲这语气好似哑巴的死是件极顺理成章的事。

我虽然知道终会有这个结果，却还是意外的惊讶与疼痛。

也是，一个乡下人，失去了父母，只有个生活不能自理的傻妻在身边的哑巴，况且又成了一位被铁链锁着的有攻击性的精神病人，除了死，还能有更好的、能让所有人解脱的好办法吗？

知道这个消息后，我内心硬是磨了许多天，总会想起哑巴叔叔的那张曾经天朗气清的笑脸，干净憨实。总有个问号悬在心里，好好的他，为什么突然会成了精神病？

除夕那天看到他苍老呆傻的妻后，一直不能忘怀。前两天，我向母亲再次问起哑巴的事，我感觉母亲还有什么话没对我说。看我如此的坚持，母亲只好这样说了两句："他们说他怀疑他老婆与隔壁一位新搬来的男人有私情，所以就气成神经了。"

就这么简单吗？他那个傻老婆曾被我在上篇文章里比作《聊斋》中那个疯疯癫癫、可爱的小翠，她与人有私情？

我拿起电话拨通了我的一位住得离哑巴家不远的初中女同学，想请她给我调查一下详情。决定写这篇《哑巴叔叔》续篇后，我还是想尽量知道更多的情节，尽量让我笔下的人物饱满深厚切实些。

一会儿，她就给我回了电话。从她的电话里，我才知哑巴开始是中风生病，后来才成精神病的。

听说他中风后眼睛看不见，好像走路也成了问题。我想对于一个从小到大每天都在田间地头、沟里湖里勤奋劳作的男人，突然不能劳动了，突然看不见自己妻儿了，心里必定是焦虑不安的，却又不能用声音表达自己所有的喜怒哀乐。在无声无光的世界里，他的神志应是这样慢慢开始崩溃的。

在那漫长的黑暗里，他可能又想起他年轻时喜欢过的那位读过很多书、后来突然疯癫了被嫁到外地去的长辫子姑娘，他一定也忆起过被女友家嫌弃穷逼其分手后喝农药死去的他的哥哥，他更是应想过他那苦命的娘亲抱着农药倒进口时的悲凉。

漫长寂静的黑暗里，只有往事一遍遍一层层垒在他越来越细脆的思维里。当然，他想得更多的，肯定是他的傻妻在干什么？谁在照顾她？

人在长时间寂静和同一场景里是会慢慢产生幻觉的。去年十月，我们的车穿过沙漠公路，七个小时不见一人不闻一声不换一景，我发现自己开始有了幻觉，急忙无话找话与老憨说起话来，把音响开到最大音量。

而可怜的哑巴，无法听无法看无法说，日复一日，幻觉自然越来越强。他担心自己的傻妻，他恐惧自己废人一般的往后，就变成了隔壁邻居在打他傻妻主意的幻觉，神志越来越紧张，幻觉就越来越深。

后来，他视力恢复了，能走动了，可他的精神崩溃了，他的幻觉一直跟随他。他被他的幻觉牵引着，激怒着，要杀人。他的傻婆娘躲了，他的那位邻居也跑了，没人敢靠近他，除了一根铁链，这世界再没有可以伸向他的物件。他在那场漫长无声的黑暗里，提前让自己的灵魂从这具尘世躯壳里逃离了。逃离的，还有我哑巴叔叔那天朗气清的笑脸，那之后，他早已不是他了。

我实在是有些悲痛的。今天这样的日子里写起，好似拂了春节的喜庆。古人说佳节思亲，故乡人都是我的亲人，我自然是思念亲人所致。

除夕那天看到他的傻妻佝偻的身子立在院子里，目光呆愣，一头枯干灰白的发在寒风里吹得四散了去，这位傻傻的小娇娘就这样老去了，她失去了她的爱人。我若那天停在她面前，她会惊异于我的眼泪，却已是认不出我了。

她一定更不记得她结婚时第一次见了少女时的我，好像老早就认得我似的，拉着我的手，娇娇脆脆的："哎呀，菊啊，你好乖好乖哦。"

我只是尽力往母亲身后躲，哑巴在一边笑成一朵花。

我这样想起，就有些想哭了。

2016年2月13日于金安花园

牛屋与它的主人

黄伯是这座牛屋的主人，因为村里那几条牛一直都是他看放的。

我对这间牛屋的感情别于一般人。它在我小时那栋屋西头的对面，中间隔了一片很阔的油菜地。那时的夏天，此刻在我脑际里活跃起来。

晨起，睁开迷糊的眼，提着裤子打开后门，总习惯望去对面的牛屋，总能见到黄伯在每天晨曦里拉着几头黄的、黑的，或黄黑相间的牛出来，在牛屋外的场子边饮水，吃草；到夕阳落山时，又把工作了一天的它们牵回来，依然在场子边给它们喂草，冲水消暑，然后点燃一堆早已备好的青黄相间的草，替它们熏蚊子。

我喜欢听黄伯斥责它们的声音，那种爱昵，那种认真，就像是谁家父母在教育子女，而牛儿也会变得很听话地吃起草来，不乱动乱扯了。那会儿，黄伯会去替它们把屋子清扫干净，拉它们进房安歇后，他才回家。

我有时待在他身边把这过程全部看完，还学着他的口吻对牛儿们也狐假虎威地训斥几句；有时在自家后门口抱一本小人书或父亲的《十月》《收获》《新华文摘》什么的，看那时的晚霞拉红了大半边天，几户人家的妈妈扯着嗓子在唤孩子回家了，田野上有陆陆续续走着收工的乡亲，风清清爽爽吹过来。

特别是从牛屋那飘来的一缕缕草烟，混合着青草与泥土的清香，我会在这味道里，在满天晚霞中发起痴来。

很多时候，我常带领伙伴们在牛屋和那片油菜地里捉迷藏。牛屋是土墙，到处都是蜜蜂钻的小洞，我经常用一个小瓶抵在洞口，用竹签往里一拨，里面准会爬出一只蜜蜂乖乖进到瓶内去，当然，它们这之后的命运都不太乐观。

虽然伙伴们喜欢被我领着到处玩，但我性格的另一面有时也排斥，常独自一个人去牛屋玩一会，蹲在地下，仔细看牛的眼睛，还与它们说很久的话。如果发现那目光特别温和，我会试着靠拢它，用小手轻轻抚摸它溜光的毛发。

有时它们出去干活了，我就一个人待在那充满牛屎味却干干净净的牛屋内，看那四面被牛背蹭得光滑锃亮的墙壁。黄伯牵牛回来，常遇到我在那发呆，他会抱起我放在归来的牛背上，让我坐坐。

叫他黄伯事实上不太准确，他的孩子们叫我母亲为姐姐，所以，我应该叫他爷爷。他的年纪也可以做我爷爷了，只是，他生了五个儿子后，又在中晚年时生下了一个小女儿，大我三岁，叫兰。

这个兰与五岁的我同时启蒙上学，是我童年的至密，我形影不离的伙伴。所以，就着她，我自顾自地叫她的爹爹为伯伯了。

兰其实有一个姐姐的，听说也叫兰，多年前在门前沟渠里洗衣时淹死了。

黄伯对他的儿子们经常像对他的牛儿一样训斥，唯独对兰是轻声细语，百依百顺，比我现在对我们家小宝还溺宠。而兰除了读书笨外，其余都很聪明，那么小就会织手套围巾，真是让我羡慕得很。她听话，是一个乖乖女，常听到她在院子里长声短声唤黄伯回来吃晚饭，那声音真是娇嗲：“爹——爹，爹——爹吔，饭——熟——啦————，回——来——吃——饭——了。”这时，牛屋处总有回音过去：“幺丫头——晓得啦——我就回来——”

兰常被我母亲拿来做教育我的典范，只是我听了好像没有太多改变，还是常吃竹条。兰退学很早，十八岁时嫁给了一户忠厚人家，家境也还殷实，生了两个孩子。前些年偶然在她城里的哥哥处碰到她，原本姣好的面容到底抵不过岁月的磨砺，一对儿女齐肩站在她两边，我见到她鬓边隐约的白发。

她告诉我，她的爹爹那年夏天走了，她说的时候，红着眼。我只觉得一口气噎在喉咙，老吞不下去，眼也红了。

这之后，我越来越多的会在那些个夕阳时分想起那间牛屋，想起正在给牛冲水喂草的黄伯，当然，也会想起我童年时淘的那桩迄今没有对任何人说起的秘密。

那大概是读一二年级时吧，村里忽然流行起请一种瓢瓜神，据说任何人都可以向这瓢瓜神问出自己死去了的亲人的现状。

现在我还清楚记得那情那景：两个人用手抬着一个瓢瓜，瓢瓜前端绑着一根筷子，下面是一个圆竹箕，里面装了一层不厚不薄的大米，然后，两个抬瓢瓜的人开始念符咒，我只听一遍就记住了：

瓢瓜姑儿瓢瓜神

请你过来问年成

年成问得好，给你一件花棉袄

年成问得差，给你一枝花

要来的，快快来

不等深更半夜来

深更半夜露水深

打齐幺姑儿的脚后跟

如此反复念几遍后，只听得抬瓢瓜的人开始说“重了，好重了，来了来了”，这时，周围的人就可以开始发问了。请来的神会让筷子在底下的米上写着“是”或者“不”等答案。

那段时间，我简直是把所有的好奇心都调动了起来，每天晚上，我冒着一次次被家法的危险，必寻到请神的人家，仔细认真地看，且深信不疑。

有天下午，我也与几个伙伴玩起了这个，把行头都准备好了，这时又来了几个大人，他们允许我们继续下去，说是孩子们干净，容易请动神仙。

我与兰的小哥哥抬瓢，我熟稔地一遍遍念完咒语后，感觉没动静，继续念，渐渐地，胳膊有点沉起来，时间太久了，端着个瓢瓜，不重也重了的吧。于是，胳膊想扭动下，见大人们立即惊呼起来，说“神来了，神来了”，倒把我吓住了。

这时，黄伯赶了来，他虔诚地问道：“瓢神娘娘，我的兰儿在那边过得好不好？”

我忽然觉得很好玩，便暗暗用腕让那筷子在米上划出了一个“不”字，大人们大惊失色，告诉黄伯，兰儿在那边过得不好，我看到黄伯开始哭起来，叫着“我的儿啊，我可怜的儿啊”，他边哭边要兰马上去买纸钱，给她姐姐烧过去。旁边的人替他再问：“兰儿还要多久才可以脱胎成人呢？”

这时，看黄伯哭得悲伤不已，我开始怕了，后悔了，但我也只能继续神下去了，只好再次让筷子写了个“一年”。

这时，黄伯止住了悲泣，他在说：“儿，你放心，我们都过得好，你快快脱胎去吧。”说完，他又老泪纵横。

后来，我明白了他为什么又让这小女儿叫兰，为什么如此娇宠着她。他是把对亡女兰儿的思念与爱一起寄在了他的幺女儿身上。

听兰说，为此，他们一家后来几天都在悲伤中度过的。我感觉自己成了罪人，却没有胆子说破，所幸一年后，他们相信兰儿已脱胎成人了。

这以后，黄伯的身影依然在牛屋的晨昏里忙碌不停。牛儿们一声声悠长的“哞——”，似是撒娇，也似是呼唤，只有黄伯能懂，他们相处时的眼神、言语，成了一种亲人般的默契。

而我，依然习惯了在傍晚牛屋场边飘来的混合着青草与泥土的青烟里，发痴良久。那是家乡田野的味道，是田野上我勤劳质朴、单纯善良的乡人的味道。

去年夏天，与深圳的表妹回她老家，天已近深暮了，车到常德郊外一处田地边，我闻到了这久违的泥土熏烟味，迅即让车停在路边，我立在雾霭中深深地呼吸，良久后，回到车上，眼已潮湿。

今年夏天，奶奶出殡经过老家的村子，我抽出悲痛的目望了一眼牛屋的位置——牛屋早不见了，青草葱葱，一切已杳然。牛儿们悠长的“哞——”在天际斜阳处，应该也追到了黄伯的身边。沉耳，我分明又听到黄伯在训斥它们，在点燃一堆草，替它们熏蚊子了。

2011年1月10日于安乡

渡口人家（一）

这不，刚放下碗，母亲又在说起家柱叔了。说他把秀姑照看得如何好，描述着他给秀姑喂饭送汤那仔细小心的样子，哄着她张口吃，一口一声“我的宝宝乖”“宝贝最听话”，秀姑也就直盯着他乖乖地张口吃起来，家柱叔便也呵呵地笑起来。

我看到母亲又开始眼泪花花闪了，有意岔开一句：“她的病见好一些没？”母亲说还就那个样，成天躺在床上，不太识人，只是傻笑着。然后又补几句：“躺在床上三年多了，家柱叔把她侍候得干干净净，愣是没长过一块褥疮，年轻时都没叫过‘宝贝’，这老了还成天叫着‘宝贝乖乖’的，哎！”

我叹了一声：“真不容易，他这一生真不容易。”父亲也在一旁摇头唏嘘着。

天色暗了下来，我牵着小宝回家了。坐在灯下，又发起呆来——

这个季节，松滋河已是清亮亮的水了，它从上游流过一个叫复兴码头的小镇，流过那个小镇所属的县城，再汇入澧水，入洞庭，接湘江，可通我目前所处的省城长沙。

复兴小镇在我小时候是很兴隆的，因为那时的交通多是靠水运，而现在，人们的时间观念强了，坐汽车的多了，乡人们也多外出打工，有的就留了在城里，于是，这个小镇便有了一种接近荒野的孤凉感。

家柱叔一家就住在复兴码头寂凉的大堤边，河湄苇草丛中，泊着他的小渡船，一年四季，这个渡口会经常响起他爽朗的笑声。他的幽默、他的豪爽，远近无人不知，但凡有几个乡坊近邻出来串门，都习惯往他这里凑，有酒有烟招待着，所以，他这儿就是荒凉地的热闹处了。

事实上，我对他们一家在复兴码头的生活没有太多记忆，他是后来从我们村迁居过去的。我们搬家后，我的母亲带我去过他们新家一回，只知道那时的复兴码头挺热闹。

幼时，我就知道这位大个子叔叔喜欢讲笑话，喜欢逗我，并且很大方，他在外开大轮船。他的家离我家才相隔几户，有一儿一女。那个时候，他每次回来，他女儿春枝准会穿上漂亮的裙子。我曾悄悄羡慕过。

家柱叔特别尊重我的父亲，只要回来，总要与我父亲喝酒畅聊，他的笑声会感染一村人，谁家吵了架，闹别扭了，他一去，不出一会儿，准能让那家人全笑起来，结就解开了。我喜欢他来我们家，喜欢站一边听他们说话，见到我严肃的父亲开怀大笑，我因常犯错事而悬着的心就会轻松，会十分快乐起来。

他的妻秀姑做事很笨，集体工时，可想而知，她吃了多少埋怨，都不愿与她同组，怕她拖后腿，而她从不争辩，只是笑着，脾性特别温善。母亲经常用她教育我们姐弟几个，要我们向秀姑学习，说别人骂她，她就望着那人傻傻地笑，还轻言细语说："别把自己骂累了啊，我去给你倒茶喝。"结果，骂她的人气得翻白眼，没趣了，只好回去了。

如今想起这段往事，感慨颇多，读了这么多书，也拜了不少名山大刹，怎就到现在还没习到她的肚量呢？她一不读书，二不拜佛，连名字都不会写。

家柱叔最大的毛病就是喜欢喝醉酒，并且，有时醉了酒后，喜欢打秀姑。这毛病曾被我奶奶狠狠骂过几次，弄得他只要见到我奶奶，总会主动说：“陆妈妈，我今天没喝酒，我保证不再喝醉。”然后呵呵笑起来。

之后的记忆我有些断了层，一直在外读书，只知道他们家搬到复兴码头去了，也算是“街上人”了。后来又从父母口中得知他们家发了财，嫁了女儿，娶了儿媳妇，买了大货船，他儿子波接替他当船长了。

家柱叔一般过年时都会来我们家，会给我父亲带来好烟好酒，一如从前，与父亲喝酒神侃，笑声爽朗依旧。然后，父母过几天又会提着礼物回访，回来后总是说他如何舍得招待，秀姑做事不力，所以几乎都是他亲自下厨，炖一大钵老母鸡，里面每次还要放好多鸡蛋，实心实意的人呵！

再后来的某天，我看到父母说起他后十分担心焦虑起来。不久，便见到了家柱叔来我们家借钱。他苍老了许多，头发白了一半。我还是那样甜甜叫他一声“家柱叔”，他还是那样回我：“菊啊，都长这么大了呢！”然后呵呵笑着。

那时，我应该在读大学了，间接知道了他们家遭了大难，轮船在异乡载货时被地痞吃黑，他倔强的儿子不吃这一套，与他们硬来，人生地不熟处，船被扣，人被抓，被诬陷，要罚一笔巨款，反正惨极了。

家柱叔拿着钱走的时候，我望着他的背影，心疼了很久。

后来船取回了，欠了许多债，水运业也越来越不景气，加上许多账到期要还了，他只好廉价卖掉了这艘大货船，替儿子买了一艘小型客轮跑复兴到县城的线路。他自己在船上帮着打杂收钱，秀姑提着个竹篮在船上旅客中卖点零食水果类，仅能艰难维持一家老小日子而已。

他来我们家少了，而我父母照样每年都去看他，回来总是感慨他还是那样，舍出所有招待客人，饭桌上依然谈笑风生，总是那句："不要紧，呵呵呵呵，日子还是要过去的，是不是？"

后来，小客轮也经营不下去了，税费重，汽车越来越多，坐船的人越来越少，他们只好又卖掉了它。这期间，听说他的儿媳妇跟人跑了，给他留下了一个聪明的孙子。

我的父母总是叹息着："这么好的人怎就老是不走运啊？"

成了单身汉的波去了外地替人开船去了。家柱叔置了一条便宜的小渡船，门前拓了大片菜园地，他与秀姑带着小孙子，从此过着摆渡、种菜的日子。有时听父母回来说，他还是那样笑着，还是那样喜欢讲笑话，尤其说起他的孙子，他就一脸骄傲：聪明，听话，成绩好。

想家柱叔一生，船是越开越小，最后小到一条小渡船，但凡人退到这一步了，日子应该安定了吧，可是命运欺负起人来，真是不可理喻。

三年前，秀姑突然一场病，便又痴又傻起来，只能躺在床上，吃喝拉撒，全交给家柱叔打理了，她唯一能做的，就如以前别人骂她时，她望着那人傻傻地笑一样，如今，她成天望着折磨她的命运、折磨她的日子傻傻地笑着。当然，望着那个日夜叫她"宝宝"的高个子男人，她更是亲亲、傻傻地笑着。

而这个男人像珍惜自己的命一样珍惜着这个痴傻的女人。

父亲一生清正，不喜麻烦人，即便是妹夫八年重病，最后诊得债台高筑、人财两空时，也是我去民政部门替他们一家老小跑上跑下。但我去年回家时，得知父亲亲自去了一趟民政局见了当年被他从乡下拉拔出来的局长大人，竟然是为家柱叔的秀姑解决大病救助问题。这位极重感情、出身贫寒的局长感动得不行，当即安排专人去解决了此事。

如今，家柱叔的儿子在外混得蛮不错了，开了海轮，常常寄钱回来。母亲上次去看他们，听到家柱叔对床上的秀姑说：“宝宝乖，你要好好活着，我们的日子开始好过了。”秀姑盯着他笑，听说还笑出了声。

然后，他又对我母亲说：“她不能死的，我不能没有这个活宝啊！”然后，呵呵笑起来，我的母亲也跟着笑得泪花花闪。

秀姑当年用她傻傻的笑逼走了骂她的人，如今，她都傻笑三年多了，怎样恶劣的命运也该要被她的傻笑逼退了吧！何况，还有家柱叔豪爽的“呵呵”声陪着笑了这么多年。

不管这恶劣的命运到底退不退，家柱叔依然每天侍候着他的秀姑，摇着他的渡船，那清亮亮的松河水也习惯了每天欸乃声声中，听他与过渡的客人打着“呵呵”的笑语。

2011年1月18日于安乡

渡口人家（二）

就在我上一篇《渡口人家》写完的第二年，被家柱叔叔一天到晚“宝宝乖”、含在嘴里的秀姑去世了。

无论他怎样乞求他的秀姑活宝一定要活着，他的活宝还是在笑容里离开了他。她是奔永恒的幸福去了，而他呢？ 所有人都在担心家柱叔会垮掉。

的确，这荒凉的渡口本就极少有人来，没了一个秀姑让他侍候，他守着的，只有他的渡口与渡船了。

他应该会是在深深的孤独与思念里，迅速老去的。所有人想到这情状，都会一汪泪。他那爽朗的“呵呵”怕是再难听到了。

听母亲回来说，秀姑的葬礼上，他那位与人跑了的儿媳一路哭着回来了，她哭她的婆婆，她是真的在大悲大痛，她在忏悔，同时表达自己想回来照顾家柱叔和孩子的愿望。这是一个很让人欣慰的消息，可家柱叔的儿子波却抵死不从，坚决不再接纳她了。

还是家柱叔说服了自己儿子。他说：“人往高处走，水往低处流，家里之前那样贫穷，她被别人诱惑很正常。她还年轻，经了事后就知道珍惜了。再说现在你母亲又不在了，俗话说女人家女人家，家里没个女人叫什么家？孩子也需要他妈妈照顾。你老婆回来了，你在海上航行多久心里也会踏实很多。”

波考虑了几天，接受了他父亲建议，接纳了他的老婆。现在看到小两口恩恩爱爱，一家人和和睦睦，真为家柱叔宽容智慧的决定慨叹。

慨叹的还不止于此。他把他的秀姑葬在渡口附近，方便他每天过来过去望一望，与她叨两句，然后，他在堤下买了几间破旧的砖房，修整后，住了进去，把之前住的房子腾给了儿子儿媳一家三口。

一个人日日经过墓地，守着渡口，住在一所破房子里的他应是更孤独苍凉了，却一直没有这样的消息传来。两年后，传来他与村里一位爱笑的老阿姨好上了的消息。

我从家柱叔女儿春枝那里得到了证实。春枝笑得花枝乱颤，说一回去就笑话她父亲，老都老了还当了个第三者。而家柱叔听了就只是“呵呵”笑个不停。

我特别开心，听到这样欢喜的消息。

回去问母亲第三者之说到底怎么回事？父亲母亲也是笑个不停，看样子这至少是一个让所有人开心的消息。

原来同村这位老阿姨的老头在外打工，已多年未回，也与家里没个联系。同为孤独的老者，热情善良的老阿姨看到家柱叔一个人孤苦伶仃，便经常过来帮他洗洗缝缝，家柱叔也时不时过去帮她做点力气活，总说她可怜苦命，很是心疼她。一来二去，两个老人就在半透明中悄悄好上了。

两家儿女都在不说破中默认了。

一个把成了植物人的老婆乐呵呵当心肝宝贝照顾到离世的男人，老阿姨内心的这份敬佩爱慕必定是远大于同情的。

我在去年的某天，缠着父母带着我们去了一趟家柱叔的渡口。

幽清的河水载着时光依旧日日夜夜流向未知的远方，家柱叔的渡船靠在河岸，过河的人越来越少了。秀姑坟茔上的青草像她少女时的身姿，窈窕葱郁，像她在用最美的华年，陪着日日经过她的男人，陪着他的“呵呵”声。

没有见到那位老阿姨，但家柱叔的破房子里到处都是她的痕迹。房前屋后，收拾得整整齐齐，卧室像年轻妇女的手布置出来的效果，大朵大朵的玫瑰被面，让我们的心跟着喜庆起来。从头到尾，我们都不提老阿姨，怕家柱叔的“呵呵”带着难为情。

而他，依旧身材魁梧，一脸笑容。我想，他是思念秀姑的，只是在用他的方式。秀姑生时，他用尽自己的爱去照顾，乐观接受命运任意的摆布，他用他的“呵呵”宽容着这世界所有无常。秀姑死后，他依旧用“呵呵”来经营自己的思念与孤独。所有善良美好的女人都有共性，我想那位老阿姨让家柱叔生起疼怜欢喜心，肯定不只是孤独所致。

他把我们的车装满他自个儿种的菜籽油，说：“放心，菊，我现在还能劳动，能吃能睡，现在这么好的日子，我们要多活几年啊，呵呵呵。”

我们的车沿着河堤开走了，我流着喜悦的泪。

去年腊月回老家，车经过一条街道，遇红灯，我忽然看到前边不远处家柱叔的身影，他笑呵呵地向后面一位矮小的老妇人招手，意思是让她快点赶上来，而那老妇人娇娇羞羞地笑着不肯上来，要家柱叔在前面，她落后面走。

他们上街来估计是办年货的。

没想到我居然在等红灯时看到了传说中的老阿姨，并且两位老人像20世纪五六十年代的男女恋爱时一样，羞羞答答，走在路上一前一后。

我没有开窗叫住他们，只是目送他们一前一后甜蜜地走远去。真好！

一座渡口，一条渡船，一个老伴，一河清清亮亮的水和那流来又流去的回忆。还有，他的“呵呵”。

这苦难终是敌不过会打哈哈的人的。

2016年2月18日于安乡

橘林深处

二十三年前，我去了一所离家百多里地的省重点高中就读，姨夫在那任教导处主任。

母亲有一次坐了大半天车到那座城市去看我，虽自小从未感受过母亲的宠爱，但从教室跑去姨家见到她时，竟也有一种想流泪的冲动。

母亲那时在我眼里不只是我的母亲，也涵盖了离别后我思念中的家乡的全部：亲人，伙伴，门前的河水，檐前的鸟，树荫下斑驳的阳光……

母亲那次在姨家住了好几天。那几天，我心里时时充盈着快乐与幸福，她临回家的前两天，对我说奶奶的弟弟，也就是我的舅爷爷与他的四儿子在这座城市的郊区承包了一片橘园，母亲这次来看我，奶奶交代若有时间顺便也去看望一下多年不见的他们。

恰好是周末，母亲带上我往郊外行去。

不多久，我们走上了一条绿树葱茏的乡间小路，两旁是成片的橘林，望不到边；路面上，青草细密柔软地低伏着，偶尔三两片树叶飘下，却牵不出我生在骨子里的那些天青色的忧郁与怅惘了。

在这淡而温馨的初夏的天里，它们像是我轻灵舒畅的呼吸，我傍着年轻漂亮的母亲边走边说边笑，想象舅爷爷和那个单身的四表叔见到我们后，该是如何惊喜！

妈妈又在说："那个老四啊，人长得也乖，脾气也好，都三十多了，咋就找不到媳妇呢？就是穷呵，唉！"

记得我当时很不以为然地回过去："哼，真正的爱情与穷和不穷有什么相干呢？"妈妈只是笑了下。而我抱着这观念笨痴了许多年一直到而今，且以身试之，很不幸运的也惨痛到如今，当然，其间不仅仅只关乎那人穷富之因了。

我们越来越像走进了教科书里说的密密的青纱帐，四围全是橘林，看不到人家。好不容易见到一个地里做事的乡亲，赶紧问四叔他们的住处，许是这人烟稀少，所以在这的人都认识他们。

七弯八拐，我们在那橘林里穿行，很新鲜也很刺激。

终于，一条羊肠小径穿过密林，抵到一户简易人家，门前是块宽阔的院子，一口手摇的井在院子一角，井筒上还有清水在滴，家里有人的。

母亲只叫一声，舅爷爷便出来了，还是那张清癯慈祥的脸。他不敢相信，这似与世隔绝之地怎突然出现那么远的家乡的亲人。他在笑，花白的胡子激动得微颤着。

我们进门坐下不久，在地里干活的四表叔也跑了回来，有人告诉他家里来了客人，同时与他进门的还有一个与我年纪差不多的男孩，表叔叫他"小强"，他与我对望了一眼，脸腾地红了，低下了腼腆清秀的头。

表叔在连连叫着我的乳名，一遍遍重复道："好多年没见菊了，都长成大人了。"他使劲搓着手，那种激动与高兴掩饰不住地在他脸上流动着，我调皮地说："四叔，你还是这么帅呢，赶紧找个媳妇吧！"

都哈哈大笑起来，小强也在笑，笑得那样轻，有种小心得手足无措感。他始终不再正面看我，我却能感觉到他的余光时时在我身上。

他可能也没想到，这样密闭的、与世隔绝似的橘林深处，突然来了位年轻的女孩子，脆亮的笑声打破了往日里深密的孤寂吧。

四叔安排小强上街买鸡买肉去，他轻快地应了一声，就去推单车。从我身边出去时，他低着头，红着脸，清秀的眉眼里满是羞涩着的幸福。

母亲问起了这个孩子，四表叔说他比我大一点，快十七了，四川人，流落到近边，想找事做，有一天碰到四表叔，就跟来橘园了，不谈工钱，先只为吃饱饭。舅爷爷说这孩子可怜，他十岁的时候，母亲得病死了，留下他与一个弟弟，父亲后来又讨了一个，又生了孩子，也就不管他们了，他只好与弟弟到处流浪。他弟弟如今在湖北做工。

母亲听得长吁短叹，而我则沉默起来。舅爷爷与四表叔转移了话题，他们在外面堂屋里说笑着，我寂了下来，出门望着小强上街的方向站了很久。

这密密的橘林深处，有了种秋风扫过的凄清歇在心头。

进房想去找本书看，杂乱的房间里，只见到几张旧报纸，被我飞快阅完，又继续翻，挪开一件暗红的旧衬衣，下面，一个浅绿的破旧的日记本出现在眼前。我以为是表叔记账用的破本子，随手拿着翻看起来，这一翻，我的心都缩紧了。

歪歪扭扭的字迹中，有一半是错别字，还有一些字空着，靠上下文才能猜出。满纸落着斑斑泪迹，我半认半猜中念着这些句子："妈妈，我又开始想您了，我和弟弟都好想您。我现在在湖南做工，这户人家对我很好，弟弟在湖北做工。妈妈，您为什么要走那么早啊？我和弟弟这些年到处流浪，吃了好多苦，爸爸不管我们。妈妈，我每天晚上都想您，我会照顾好弟弟的。妈妈，您在天上要保护您的儿子啊。"

再翻一页：“妈妈，我今天上街给弟弟打了一个电话，他说他有饭吃，我想过些天请假去看他，我也想弟弟了。妈妈，我好想好想您啊，晚上就望着天上的星星，我知道妈妈在那里。”（二十三年了，这些话我记得清清楚楚，也许一生都忘不了了。）

泪如雨落中，我合上了本子，原样放好。哽咽声止时，我再次跑了出去，站在橘林里，好久好久，直到小径上出现了小强骑车回来的身影。

我主动迎上去，和他说话：“你回来了？”他窘得脸又“刷”地红了，说了一声“是”就飞快进门，帮着四表叔一起做饭择菜。我扰过去，也帮着他，与他说话，他总是笑着轻声回答，却不肯望我一眼，但他开心着，幸福着。

饭毕，近暮了，母亲起身告辞，舅爷爷与四表叔使劲挽留，这时，我见到小强的脸上没有了笑容，他憋红着脸，乞求的眼神望着舅爷他们，他全部的心思我都明白，他多希望舅爷爷能留下我们不走呵！

妈妈说屋子太挤了，不添麻烦了。这时，腼腆的小强开了口：“我与四叔可以去张家借宿的。”

我见他快要哭出来的样子了。

知道留下来的可能性不大。出于说不清的原因，自小有些洁癖的我，竟然也希望母亲那晚能留下来。

但我们还是走了，小强靠在门边，我走到他面前，说：“小强，我们走了。”

他终于肯望着我的眼睛，又红了脸，点点头，笑着。只是那笑多了许多的留恋不舍和无奈，让我看得心酸。

舅爷爷与四表叔送了我们好远，小强站在院子里没有动。

转弯时，我再次回头，他站在那里，还是没动，他的四周，是暮色中渐呈黝黑的海一般的橘林。

这以后，我再没去过那里，也没有了他们的消息，我也以另外的方式流浪在尘世，品尝着生命中的酸甜苦辣。

只是这么多年，我没法忘记他，他一直在那片橘林深处腼腆清秀地站着……

2011年1月21日于安乡

我的大姑婆

每次看到宋庆龄先生的照片，我都会想起我的大姑婆，她们神韵气质太相似。

任何时候想起她，眼前都是一幅端庄祥和的笑容，挽着发髻，一身整洁的布衣，坐在我家老屋大门边，有人来时含笑打声招呼，没人来时就静静望着远处。

即便那时我还是小孩子，也能从她举手投足间感受到一种别人没有的东西，不只是美丽优雅。可那个时候，我说不上来。

后来慢慢长大后，才知道那东西叫悲凉。她端庄祥和的笑容里，有一种高贵的悲凉，不动声色。

爷爷有三个兄弟，四个姐妹。四姐妹都出落得美丽端庄、雍容典雅，其中最漂亮的大姑婆是爷爷的大姐。

自我有记忆起，就常听父辈们谈起她。特别是我年轻时的三叔，提起她还总不忘带丝埋怨：“就是被他们家牵累，不然我早去当空军了，可惜政审因他们家缘故没通过。唉！”这时，奶奶总要瞪他一眼：“别怨人，是你的命。”三叔便红着脸诺诺而退。

我记事起，就知道奶奶有时会安排子女把她接来家里住。她给我的最初印象是一脸慈祥的笑，安安静静，个头高挑，发髻盘在脑后，清爽素洁。

她看到我就想抱我，那种亲切自内而生，我一般叫她一声“大姑婆”后，就会跑远去，她会一直在后面看着我小小的身子，笑许久。

而大多时，她傍在门边，安静地坐着，似有若无地望着什么，总挂着一抹淡淡的笑意，空空洞洞。

几年前回老家，我又想起了她，问父亲：“大姑婆那个叫‘三六’的儿子现在怎样了？”父亲说早就不在了。我又恍惚记了起来，对，好像早就听说过他不在了的。

“三六”这个名字，在我小时候就刻在脑子里了，他是大姑婆唯一的儿子。

听父辈们说，大姑婆的爱人我的大姑爹是很了不得的人，大才子，通情达理，奶奶最佩服他。记得父亲曾特意重复了句：“你奶奶佩服的人，你想啊，肯定不一般。”

这位不一般的大姑爹在土改时，被当作地主恶霸镇压了，被镇压的一幕我在几岁时就听大人们描述过，如今想起，犹在眼前。据说临刑前，他乞求见下他的儿子小“三六”，却被拒绝了。

那时，幼小的“三六”被我大姑婆抱在怀里，让人看管在别处一间黑房子里。听大人们说，一声枪响后，大姑爹拖着带血的身子，拼尽所有气力，围着一个坟堆爬了三圈，边爬边凄惨地唤着：“三六，我的儿啊……”最后血竭气尽。

我一直无法想象那时那间黑房子里，我美丽端庄的大姑婆抱着儿子是怎样的表情。我想，她的心目就是从那天开始空的吧。

一位美丽清雅的女子，就这样被无辜丢进时代黑洞悲惨的风轮里。

再去评判这段历史于我等小民已无半点意义，任何政治斗争都伴随着血腥恐怖，都是人类一代一代愚昧的罪孽更迭而已。对于未知的明天，渺小如蚁的人们除了回头望望，就只能小心翼翼走好脚下的路了。实在无能为力改变或避开逼到眼前的当下，万难苦厄中，唯一的，怕也就是如我大姑婆一般，血泪竭泽后空着心、空着目望着空空的前方，浮起空空的笑。这笑，是万般无奈后的接受，是痛彻心扉的隐忍，是牵着孩子们的小手面对未知的前方，一位母亲必得行去的坚强。

这笑也许还有外人无法揣度的其他意。

当然，小时候不曾想过她经年笑容里，是怎样一番内容。

一位大户人家风光无限的大少奶奶，转眼家破人亡，一无所有，沦落成为万人打倒的地主婆，连个栖身之所都没给她留下。她拖着三个年幼的孩子，住在一间草棚里，受尽歧视。其中艰难辛酸，自是不必在此赘言。

我只是偶尔惯常想象一下：她带着三个幼儿，被戴着高高的“地主婆”帽子，四围愚昧的乡民在新潮流带领下向她喊口号，讥讽谩骂，而她牵着她的孩子们，在风中默默低着头。

那个草棚，在我看来，因她的美丽静冷而温暖，而那般清雅圣洁起来，可这只是我后来的感觉。事实是：那时，许多胆小可怜的亲友们都在躲瘟病一样躲着她，生怕被牵累。唯一时常走近她的，是我慈悲智识的奶奶。那样惊恐不安的岁月里，奶奶成了大姑婆一生暖心暖肺的感念。

终于，草棚里的孩子们在歧视中也长大成人了，他们自始至终都有母亲淡定温暖的笑容随护着。两个女儿出了嫁，而让大姑爹临死前都在呼唤的“三六”却让一场病过早带离了尘世。父子俩终于能在那个没有政治斗争的所在团聚了。

往后的记忆里，大姑婆常被奶奶接来住些日子，她总是力所能及地帮助家里做些事。没有事做时，她就傍在门边坐着，淡淡地笑，空空地望。

有时侧面望着垂老的她，也能感觉到一种令人肃然起敬的高雅，静秀，很容易就能想象出她年轻时是怎样绝美的姿容。

在我整个记忆中，大姑婆从未与任何人言及过她的苦，从未言及过她所受的罪，尤其没见她提起过大姑爹的名字。小时她与我说过最多的一句话就是："菊真乖，让我抱抱，姑婆最喜欢你了。"我大了后她就常常湿着眼眶对我说："菊，你奶奶是世上最好的人。"然后总是爱怜地望着我笑。

大姑婆后来一直随她小女儿，九十三岁寿诞后的某天，有着淡淡的阳光，她依然傍在门边静坐，如常的那抹微笑中，她永远睡去了。

她最后的睡姿是望向大姑爹就刑的那个墓场方向。我想，我们可能都忽略了这位荷载重苦的女人内心深处从不曾熄灭的爱情，她让她才华横溢的爱人一直活在心里，从未死去。她空空的目光原是掠过尘世悲苦在探及她杳然天边的爱人。

那天之后，她终于以不曾妥协人间的高贵，彻底回到了大姑爹和他们爱子"三六"的身边。她用九十三岁的高龄完胜了人世极苦，静静地自豪而归。

她经过的那座人间望着她归去的背影应是羞愧的。

几年之后，被她一直感念的我的奶奶也奔赴天国。想奶奶时，我会时常仰望星空，有时也会想起大姑婆，想象她们在天国围坐一起笑谈人间的景象。

2015年9月13日于长沙崖边野庐

三九之殇

前段日子给母亲打电话问三九的过往，母亲说了一些后就不想说了，还交代我不要写这些不开心的事，她是怕正犯抑郁病的我加重病情。

这个叫三九的少年是我小时出生地的邻居，因房子一前一后住着，自然比其他伙伴更亲一些，他的弟弟生圆是我小学同学。

今年春节弟弟从成都回来，说起三九，说他高中时一次作文比赛写过三九，得了二等奖。我记得我高中时也写过三九，可见他于我们家姐弟有着深刻的记忆。只是由于年长日久，加上我一身疾病，居然忘了许多细节，故求助于母亲来帮我恢复记忆。

但，无论遗忘怎样多的细节，三十多年来，他的模样却是想起即刻便在眼前。

我的老屋现在仍被他八十多岁的父母住着，我叫他母亲雷妈，叫他父亲伍伯。每年去老家上坟祭祖路过老屋，都会特地看望这两老，在我们四十多年前建的那三间红砖屋前转一会。

今年除夕上坟路过却见大门紧闭，想是两老被儿女接去吃团年饭了。

他们能活到这年龄，确实让我意外，更让人意外的是，八十多岁的两位老人，仍然自食其力，种田种地。

照我父亲的话说，那是拼命干活的一生。这个拼命是货真价实的，不是形容词。他们一生好像除了卖力干活外再没有任何内容了，生孩子是他们不情愿的另一项意外内容。

那个时代的人生孩子犹如春来原上草，成为不可控的自然现象。

他们夫妻生了九个孩子，在伍伯骂骂咧咧不断说要溺死几个中奇迹般存活了八个，现存五个，其余三个都喝农药死了。三九便是那三个之一。

他那死去的大哥在唐山大地震时，半夜敲过我家大门提醒我年轻的母亲晚上不要待在房子里。我和弟弟妹妹紧挨着母亲，在对他的感激和对地震极度恐惧里度过了一夜，除此以外，我对他已没有太多印象了。只知他喝农药死后，他儿子后来进了监狱，不知出来没。

三九死去的二姐我印象有点深，我叫她友儿姐姐。友儿姐姐没出嫁前除了牛马般被伍伯驱使干活外，有空就会坐在凉席上给我梳长辫子。她的辫子也长，我也学着替她编。她特别亲切，以至于她出嫁后，我伤感思念了好长一段时间。

第二年，她婆家来人说友儿姐喝农药死了，啥原因我一直不知道。我只记得我哭过，与三九、生圆一起哭过。

也是，除了哭几声，还能做些什么？日子照常转，伍伯依旧虎着脸，没日没夜地在田间地头，他的儿女们战战兢兢紧随其后，无论寒冬腊月，无论毒日三伏。

与三九最亲密的当属生圆了，他们相差两岁不到。想雷妈伍伯以为这是最后一个了，故取名生圆。哪知隔了几年，雷妈五十几岁时又生了个幺女儿，听说长大后被人拐到大山里去了。雷妈把这个幺女儿看得最重，不知哭了多少个日夜。再后来听说幺妹拖着两个儿女寻了回来。

我的老家是一马平川，我出生的村庄是傍着一条沟渠笔直延长开去，这条沟渠收纳了我许多童年的滋味，我曾在《哑巴叔叔》那篇文章里有写过。那时沟渠有适度的水草，有捕不完的鱼。今年我路过，看到沟渠已整修一新，清清亮亮的不见一根草，就甭说鱼了，这让我感觉不到水沟的呼吸了，它好像一位失了血色、苍白在太阳底下的病人。

今年正月初六，我们拉着父母去K歌，我特意让父亲唱了那首《五哥放羊》，这首歌关乎我童年许多回忆。那时炎夏，沟渠边的公路上，三九、生圆带着他们妹妹总会搬着竹床靠近我们家的竹床。

那时的银河繁星下，是父亲母亲永远也讲不完的童话，又或者是父亲教授歌谣，《五哥放羊》的简谱到现在我都还记得。之后，父亲会让每个人唱一遍，轮到三九、生圆兄弟俩时，他们总会哈哈笑着跑到一边去。轮到我时，他们俩马上靠拢来，那巴掌拍得比哈哈声还大。

我现在忆起，心酸处也稍觉欣慰，被他父母当牛马使的三九也曾那样开心过。其实，说是被他父母当牛马使，不如说是被那个年代当牛马使。

他没上过学，生圆倒上了个小学。

记得那时每到春节，由于是邻居，大年初一打开门，他兄弟俩总会远远对我父母喊一句“拜年喽”！然后就开始期待我们姐弟的身影。过年在一起玩的内容基本就是抢鞭炮。

我是长女，爷爷奶奶的长孙女，母亲又特别爱美，城里工作的爸爸也喜欢打扮我，所以，春节我几乎里外都是时尚新衣。三九、生圆他们几乎年年都是捡哥哥们的旧衣，补丁连补丁，只是过年时会被洗得干干净净，穿着也很精神。

等我终于光鲜地走了出来，他们总会对我赞美几声，然后脸上，有着与我一般的新年欢喜。实诚的兄弟俩在我面前，连羡慕都不曾有过，他们觉得我穿得漂亮那是理所当然。

后来我慢慢长大，随父亲工作的调动离开了那个村庄。会偶尔听到他们兄弟俩的消息，依旧是被伍伯逼得没日没夜的劳作，急了，也与伍伯吵几架，他们毕竟也在慢慢长大成人，他们的生命需要劳作以外的内容。

接下来听到喜讯，说是三九谈了对象，很漂亮能干的一位姑娘。我听到这个消息时，已在很远的地方读高中了。

高考那年，母亲去看我，带来了一个悲痛的消息，是的，让我痛彻心扉：三九与他哥哥姐姐一样，喝农药死了。

因为三九需要时间与自己喜欢的姑娘谈恋爱，他们俩订下两个月后结婚，而一生只知道劳作的伍伯逼他一天到晚抓紧时间干活，就这样吵起来，以致打了起来。可能考虑到自己穷困潦倒，又加上这样一位没有人情味的父亲，一气之下，三九居然舍下了自己热爱的姑娘，一瓶农药结束了自己尘世凄苦的生命。

只是，他不知道他热爱的姑娘已给他怀上了两个月的宝宝。

给这位姑娘报信的是生圆。生圆与三九本就感情深厚，他一路走一路哭。那位姑娘接到信后，一声惨叫，就昏倒了。

姑娘苏醒后，被人驮到三九身边，她唤他几声，哭几声，又骂几声。那时，雷妈与伍伯才知道姑娘已珠胎暗结了。

这个难题摆在了众人眼前，谁都希望这个孩子能留下来。

当雷妈艰难地把一个想法告诉我母亲且请我母亲给生圆做工作时，我母亲吓了一跳。姑娘倒是愿意听他们安排嫁给生圆，那是与她爱人感情最深的兄弟，可能姑娘觉得就像嫁给了三九吧，何况，他必定会把腹中宝宝视为己出。

生圆这边有些难度，角色的突然转换让他一下接受不了，失去了自己至亲的兄长，又去娶他的恋人，感觉对不住他。但母亲说服了他，让他明白这么美好重情的姑娘实难遇见，兄长已失，思念他的最好方式就是去好好照顾他念念不忘的人。

就这样，三九走后不久，生圆娶了三九漂亮能干的未婚妻。不多久，宝宝降生了，一个白白胖胖的小子，像极三九。

我前些年路过，特意去看了他们夫妻，幸福的三口之家，孩子已长大成人，生圆的老婆还是那样漂亮能干。

只是，那个村庄已不是从前，无论雷妈伍伯八十多高龄还在劳作的身影有多感人，年轻一辈出现在田野上的身影还是越来越少，而村庄却越来越漂亮富裕。

若是三九当年能挺过伍伯走火入魔的劳作，如今也早就结束了手抓黄土背朝天的苦日。他现在应该会原谅了成天虎着脸的父亲，当年那么多孩子要养活，除了日夜劳作还有什么办法？那是个永远吃不饱的年代呵。

听说生圆到了长沙打工，母亲把我的手机号给了他，我从去年等到今天，还没等来他的电话。我会接着等下去，那是我故乡多亲的人。

2016年2月28日于安乡

黄老师

前天教师节又想起他。给父亲打了个电话，想知道黄老师更多详情，而老父亲坚决说他姓刘，说当年他离开那所小学后就不知去向了。

一个女子经过尘世风霜细碾慢磨四十年后，能记起的东西越来越少，越来越淡，但凡有的点滴回忆也成了一方出土铜镜，模糊残旧。而在这方模糊残旧的记忆里，我一直都叫他黄老师，所以，我认为是父亲记错了。

父亲说："你怎么突然问起他？你那个时候才几岁啊。"

是的，我那时应该是在读小学二年级还是三年级？这个不记得了。淡忘了许多儿时物事，近四十年过去了，我却这般记住了他。即便那时是个小孩，却也懂得善于保存那些成了片状的美好人事，可能靠抵温暖是人的一种原始趋向吧。

也好，前后都是模糊断层的，倒更好突出了记忆中一处暖色。

我自小不喜欢数学，除带领小伙伴调皮捣蛋外，多时望着天空发呆或躲在哪个角落一头扎在一部大著或一堆小人书里，浑然不知日夜。每次放学作业，最怕的就是被不苟言笑的父亲指导数学，尤其除法，那是要我小命般的难受恐惧。

那个年代的阴差阳错，让德才茂出的父亲落在乡下工作。我所在村子尽头就是村小学。那时，家与学校之间的空间就是孩子们的天堂。

二年级或是三年级时，来了一位黄老师教我们数学。他模样就像村里头抽大烟的一位孤寡老汉，一件破旧蓝布长衫罩着干瘪枯瘦的身子，不知是烟灰还是尘土歇了满衣，几根稀疏的长胡子，一口黄牙被烟熏得七零八落。

小孩子都喜欢年轻漂亮的老师，本来就不喜欢数学的我，看到这么个邋遢老头，更是没了兴趣。但是，他的笑容亲切有爱，让我们后来慢慢不至于讨厌了。无论我们怎样调皮，他总是好脾气地对着我们讲。

我后来读鲁迅先生的孔乙己，除了从此对茴香豆嚼出格外美味外，不知为什么，眼前老是出现黄老师的落魄潦倒状。

那个暑假过了一些天后，黄老师提议来我们这里办学习小组，意思是我们组里同班学生轮流在谁家集中学习，黄老师每天过来辅导。也就是现在学校一些老师利用暑期开补习课的形式，不同的是，一个是免费，一个是收费。

父亲自己本就读书人出身，故尤为尊重老师们。何况黄老师连暑假都不回家而留下来给孩子们辅导作业，这应该是件值得通报表扬的事。

那年暑假，顽皮的我们一人都有一本暑假作业，不管是自己做还是抄他人的，都知道是必须要完成的。我们那个组五六个同学上午准时聚在村里一排树荫下的大桌边，等黄老师来上课。家长们都欢喜，倒不是期望我们多学点什么，至少有个人来看管我们不做坏事了。

有了他辅导数学作业，我就不必在父亲面前紧张恐惧了。更重要的是，除了数学作业辅导外他也讲故事给我们听，这让每天过来接受辅导成了我们那个暑假最快乐的事。

蝉鸣自然是夏天永远的背景音乐，五六个学生娃娃围在老树下的一张大桌边，一位老夫子坐在那授课，枝叶间漏下斑斑驳驳的阳光依着凉风去来，这个娃娃脸上停一下，那个娃娃脸上停一下，也会在老先生胡子上停片刻。那时，他正笑眯眯给我们讲习题或故事，那朵阳光便好似被他衔着一般了。

从没见他发过火骂过人。

到了吃午饭时，轮到那家的家长热情端来简朴的饭菜一起就餐，黄老师会腼腆歉意地端起碗来致谢，然后安静吃起来，也偶尔抬头望我们笑笑。

小小的我那时望着他忽然生起怜意，感觉他十分孤单。他宁愿与我们这些几岁的娃娃在一起，也不愿暑假回家去。

我现在应该可以推断出，他那时是一个人生活，一定受到过什么打击和波折，暑假待在学校的就只有他一位老师，应该是没有家让他回了。他是真喜欢我们这些精灵古怪的孩子，也许是一颗颗纯真的童心能填充或消融他心里我们不知道的空与苦，这样，让他潦倒的孤单有了靠近家的温暖和充实。

午饭后，我们都会在树荫下休息会，黄老师也打会盹，然后接着辅导。在他的辅导下，我开始觉得数学有趣起来。可能因为习题做完之后，总有精彩故事听吧。

按理说，黄老师辅导半天后就应该走了，可是，他总是不舍与我们散去，我们自然也想他留下来继续讲故事，也欢喜回答他在每个故事讲完后的提问。

到了晚饭前，娃娃们都要回各自的家了，有学生家长依然会挽留黄老师吃了晚饭走，他有时会留下吃饭，有时会推辞。他若留下来晚饭，我会看到他用比午饭时更深的歉意拘谨致谢。

他若不吃饭回学校去，晚上多半是饿着肚子，因为暑假学校食堂是关门的。我仿佛看到他在空旷漆黑的校园里，一个人饿着肚子在油灯下看书或抽烟静坐。

我小小的善感的心起了更深的怜意，总是尽量陪他到更晚些后再各自散去。第二天，我们又会早早聚在老树下盼着他的到来。不消一会，也肯定能见到他在蝉鸣声中胡须颤微笑眯眯向我们走来。接着又是这些娃娃们的夏日快乐时光。

对他的怜意随着暑假结束就慢慢淡去了，到底是没心没肺的小孩子。开学后，是不是我们又换了老师？不记得了。估计是，又或者他被调走了或退休了。不然，为何我对他的记忆就只停留在那个暑假呢？

我们依然在学校与家之间，用小孩子的天性继续淘气疯玩。后来许多年不曾再想起过他，就像窗台飞来一只鸟，也曾让我惊奇欢喜，但飞走后，小孩子心里就没了它的痕迹。

时间却是很奇妙，你慢慢大了后，偶然什么场景会让你突然记起那些被光阴夺去许久的人事。黄老师是什么时候又出现在我记忆里的，我是不知道了，只是长大后忆起儿时，他总会出现在我脑海里，且没有前没有后，就是中间那个暑假的记忆。温暖也凄清。

也许他根本就一直被我放在幼小心灵中一方早熟善感的角落里，等我自己能略略体会到世事沧桑时，孤单潦倒的他自然就出来了。

昨天教师节，虽然父亲说那年之后不知他去向，但可以肯定的是他目前的去处已在天堂。他是无论如何都不会想到当年老树下的一个娃娃会把与他的那个暑假一直藏在心里，温暖一生旅路，体恤周遭冷暖。更不会想到事隔四十年后，被她写成了这篇文章。

当然，也许他心里也一直装着那个暑假与孩子们的快乐和乡人的善良敬重也未可知。至少，我知道，他此刻若在天堂有知，应是温暖的，且天堂不会孤单。

这么说着，身边的夜恍惚起了水声，星光浮动。

2015年9月11日于长沙崖边野庐

哭泣的牛儿

我读陈渠珍先生的《艽野尘梦》，为他笔下两百天羌塘大草原惊心动魄的逃难记震撼至气噎。近几年也曾开车流浪到那片不毛之地，那原始广袤的苍凉让你不得不起畏惧意，真空般的荒原，会逼退你所有猎奇心。

当然，陈渠珍先生带着他的队伍当年是逃命误入，不曾有着我辈旅行探险目的。

更是为先生与藏族姑娘西原一段乱世情缘唏嘘不已。二十多年后，先生书写下来，在肝肠寸断的悲号里笔墨戛然而止。

我亦泪流满面。

然而，今天书写却不为此。啰唆以上，实以为重情如先生者在书中描述的一段小牛婉转悲号不是偶然，二十多年后，他忆起自己刻骨铭心的爱人仍痛断肝肠，却也记得那夜立在妈妈血迹处徘徊不去哀号不止的小牛。我止在此处，一阅再阅，一泪再泪。

先生那时年方二十有余，是四川总督赵尔丰麾下一名援藏清兵管带。因国内革命情势急转，他带着一百多人想走秘境回到家乡。途中被番兵困在山上，无平地可栖，只好傍着大树根，凿穴隐身。

书中描写：

是夜，有小牛至屠夫处，婉转悲号，惨不忍闻。次日又如此。余怪而问之。喇嘛曰："凡未离乳之牛，屠其母，血渍地上，百日内，小牛嗅之，尤知为其母也，则号泣悲鸣。尝徘徊至数十日不能去。"余闻之，怅然若有所失。昔余过秦陇，见乡村墙壁间，遍贴长条如广告状，词曰："劝君莫打三春鸟，子在巢中望母归。"可见地无东西，心理则同。人禽虽殊，共此佛性。至若儒家远庖厨，释氏戒杀生，此又仁人之用心也。

先生寥寥几笔，那悲号不止的牛儿如至眼前，数十日里，围着它母亲一摊血迹，号泣不止，徘徊不去。与人比，此间悲痛哪里有别？

我是不吃牛肉的，总是眼前有一条牛儿，它望着我流着泪。

读到先生这段文字，便也想起稚童时，村里杀过一条跛腿的牛。儿童心无好恶，居然拥在那人群里，欢欣地等大人们牵来老牛，待杀完每家分几斤带回家去，饕餮一顿。

老牛耕作一生，任劳任怨，老了跛脚不能力其活了，遂被全村决议宰杀。

弟弟高中时曾就这条老牛写过一篇作文，这是我没有想到的。我老弟小时是出了名的调皮捣乱鬼，全村没被他打过的孩子几乎没有，在这样一个天天打架的小孩子心里，一头老牛最后的泪光居然在他心里陪他度过了童年、少年，而今至不惑了还在念起。

我刚刚还致电他，问起这头老牛的事，他说倒也记不住什么了，只知道大人们牵着它走了过来，它跛着腿走过我们身边，它望着它的乡亲们，流着泪，走向磨刀霍霍处。

纵然这是它们的宿命，它还是对这些奴役它鞭打它的人们，对这一生埋头田间地头的红尘有着千万不舍，它一颗一颗的眼泪那天着实打疼了我们家调皮鬼的心，让我看到了他刚烈的内心深处牢牢住着一枚善种。

只是，老牛这一双泪眼，我们除了记住，不知还能如何为之？

我的彻底不吃牛肉是几年前的事，与一位大婶聊天有关。

几年前，与父母去乡下舅母家吃酒。因不喜人杂，不想坐席，就躲在厨房烧火。帮忙的一位大婶要给我打饭打菜，我说我不要吃牛肉，就打点蔬菜吧。她很惊喜，说她也不吃牛肉。

我问她原因，她给我说了个故事：

那还是大集体年代，村上一头母牛生完一头健壮的小牛犊后染了病，那个时候，不说是牛，就是人基本都是靠天赐生死。很多时候，母牛都能自愈，可这次这头母牛却不见好转，而它的宝宝一点都不知，依然每天吮着妈妈香甜的乳汁。

牛宝宝和牛妈妈更不知道的是，村里的人决定趁着牛妈妈还活着赶紧宰杀，不然死了后的牛肉就不好吃了。

人们把小牛牵到了一边坡上，他们准备对它妈妈下手了。那时，还是一位年轻大姐的这位大婶被安排烧水打杂。没有一个人觉得有什么不妥，本来也是，杀猪羊宰牛马，祖祖辈辈下来，天经地义。

大婶说，那是一个冬天的黄昏，很冷很冷，她在室外摆着大锅烧着水，一群人在做各种准备。突然，她身后响起凄厉的哭声，像谁家小儿的惨号声。她回身一望，看到那条小牛犊望着它妈妈的方向，一声一声在悲唤，眼泪横流。

这样凄惨的叫声一直持续着，它看着那些人们把它的母亲宰杀，成块成条。它在那个不远的坡上一直望着，哭着，惨叫着。

那个时候的大婶已做了母亲，她说她突然感到心里剧痛，人畜一般呵！她说她也哭了一场，自那以后，她不再吃牛肉了。

那天那个厨房，大婶这样说起，我与她一汪泪。

我汪着一眶眼泪哆嗦如许之久，肯定不是讨论吃不吃牛肉的事。牛肉吃不吃不是重要的，重要的是牛儿那双流泪的眼经过你的目光时，你是否还能看见？是否可以唤醒心里一点什么东西？

想陈渠珍先生对这小牛的哀号有过如许深刻的怅然，而到羌塘不毛之地时，却也饿得见牛宰牛、见羊宰羊，牛羊都无时，他饿变形了的部下居然与狼在抢人肉吃了。

可能在这自然天地界里，养活自己才是头等基础大事。

我们可以认这个理，却不能因此失去一颗悲悯的心。二十年后，陈渠珍先生回忆起那头小牛，仍生恻隐之痛，也就难怪他书写至西原死去时，仍痛哭不止，即刻罢笔。

所以，无论我和弟弟，还是大婶与陈渠珍先生等，几十年后，心里还有一头牛儿，它望着人间，流泪哀号。

2016年2月29日于安乡金安花园

罗伯的茅屋

其实，叫他罗伯还不如叫他罗爷爷来得合适，他显得很老了。在我对罗伯仅有的记忆片断里，他矮矮瘦瘦，挂着一副大烟袋。他是一个驼子，走起路来头快抵到自己的胸了。他一年四季都在大喘气，经过我们身边时，好像一部风车挪过，后来才知道，那是叫哮喘。

几岁时，与伙伴们玩到他的小茅屋边，看到四周许多怪怪的绿叶，大人们说那是烟叶。

他一个人总是独来独往，没有老婆，没有孩子，也没见谁是他的亲人，他在这个村子里，好像是一个从外地逃难来的不知根底的流浪汉。他可以被村里所有人看成邻里乡亲，也可以被他们忽略成一个过路人，但他好似从没在意过。偶尔的使劲抬高脑袋望过去，永远都是他独具特色的喜忧不明的笑容。或许，这世上只有与他不离不弃的大烟袋才是他唯一的牵挂了。

那时，我们这群孩子喜欢顺着屋后一条小沟往上摸鱼，捉青蛙，打水仗，偶尔也会碰到一条蛇正箍着一只已濒死的青蛙，我们会赶紧掷石头，或用棍子打开，然后那条蛇或者溜掉或者被我们几个小孩打死。我一般是十分地怕，躲在一边，眼睛都不敢睁开。但这样的时候极少。

记得最多的是，那条小沟两边长满青草，水是静止的，却清清亮亮。我们的小脚丫蹚水过时，扑棱出的水珠会溅在沟边青草上，水珠在阳光下，像颗颗宝珠跳跃在草丛间，鱼儿在那时，也会急速游向别处，但我们会随后赶上，扑过去。自然，手出来时，依然是空的。我们又会继续乐此不疲地追去，水声、蛙声、虫鸣声，笑闹声在阳光下乐做一团。

四十年后的今天想起，犹如回到童年，正捧着一把阳光，汗涔涔地望着今日之我在笑。

那时玩累了，会走上哪户人家的菜园子里偷两个瓜或摘几个果子来吃。只有走到罗伯的茅棚时，就什么也偷不到。他那里，只有四围的烟叶。

有几次我们推开那扇一年四季都没有上过锁的门走了进去，里面黑森森的，一间屋子就一个小窗户，一个小土灶趴在他的竹床边，几个破碗脏乎乎地扔在黑锅里。

最调皮的福狗翻了他的菜柜，除了一碗长着绿霉的豆腐，什么都没有了。福狗咕哝了一声“好穷”后，又掀开他的床铺。这时，我们看到一个破破旧旧的黄色手抄本掉在了地下，随同它掉下的，还有一张泛黄的照片。

手抄本上的字我认不全，有母亲妹妹一类的字眼，应该是罗伯自己写的日记，因为我看到有几页上写着日期。再拿起那张泛黄的照片，我有点惊讶，那是一张全家福，里面人的穿着都是很久前富裕人家的衣装，一对慈善的父母坐在前排，三个小儿女站在后面，看得出，他们是相当有教养的大户人家。照片虽然旧，我们几个孩子还是辨认出了中间那位清秀的小男孩就是少年时的罗伯。

这让我对这间小茅屋有了极大的兴趣。在回去路上，在那天之后的许多个夜里，幼小的我都会想起那张照片。

有一次，我带着小伙伴又到了罗伯的家中，我要福狗掀开床铺，我想再看看那张照片。然而，床底下什么都没有了，几个人只好出来坐在茅屋檐下，商量着接下来去玩什么。这时，耳旁传来风车呼呼声，罗伯回来了，他把我们抵到门前。

“抓到你们几个小子了吧，上次是哪个掀我的床的？”罗伯驼着背，头使劲抬起望着我们，他喘得厉害。

福狗这小子平时调皮得要死，遇到事时却蔫了，他闷着就不出声。我乖乖巧巧地对罗伯笑起来，说：“罗伯伯，是菊要他们干的，我们错了，再不敢了，请您原谅。”

我小时属于全村人都喜欢的小孩，一半是因为父母人缘与威信，一半是我自己长得乖乖甜甜的。我话没落音，罗伯就把我抱了起来，说：“你看菊多乖，有错就改，你们几个家伙干了坏事还不承认，回去告诉你们父母好好打一顿。”

福狗他们朝我白了一眼，蹲在那儿咕噜：“再不干了就是了，还要告诉我娘干什么！”

然后，罗伯笑起来，我们就都笑了起来。

我对罗伯说我还想看那张照片，里面两个小女孩的衣服好漂亮，我说那是不是你的妹妹？

我看到罗伯的脸色凝重起来，他把我放在茅屋门槛上，坐在我旁边，说了一声：“是的。”

我问：“那她们现在在哪里？”他说：“都死了，随我父母很早前就死了。”我同情地望着他，想听他接着讲点什么。可是，罗伯马上站起来，说："你们该回家了，都到吃晚饭时间了。"

我们几个人只好各回各家，各找各妈。

从小我就喜欢一件事究到底，罗伯的身世让那张照片牵紧了我的心。我回去问我奶奶，奶奶开始不说，后来被我缠不过，只好告诉我真相。她告诉我，罗伯出生大户人家，1949年后土改时被整，他的父母受不了这份屈辱，牵着他的两个妹妹投河自尽了。罗伯那时关在别处，受尽折磨。回来时，才知他成了一名孤儿。他自杀过几次，都被救活了，但精神与身体双重的打击让他一场接一场地病，虽被好心人救活，却也落下一天比一天厉害的哮喘，背也一天比一天驼。

我对奶奶说："他这样哮喘，那他还天天背着烟袋？"奶奶说："孩子，他想他的亲人，他一生没有指望了，可能只有烟能麻醉他的痛苦。"

我好似懂了一点。

这之后，我逢着罗伯总会追着叫他一声，如果手里有什么吃的，我会递给他一点。我母亲曾让我给他送过几次菜和米，母亲也曾托人给罗伯说过媒，他都拒绝了，说配不上人家，不要害了别人。

我和福狗他们仍然会穿过他的烟叶，推开茅屋的门，只是坐在门槛上玩一会，不再进屋翻他的碗柜和床铺了。有时他回来，我们就叫他一声然后散去，有时他也会留下我们聊会儿天，扯东扯西的，但我再不提起那张照片的事。

一年多后，罗伯死在茅屋的床上。那个破旧的黄色手抄本在他的烟袋边，本子里，夹着那张全家福。

今天的我再忆起他，已不只是心疼的感觉。一个卑微的生命抵不过命运的摆布时，除了自尽，再就只能把活着当成反抗。装满悲愤的心在人世活着是件多么不易的事，它比死艰难悲壮得多。

又驼又喘的罗伯，这位对于尘世似有若无的一个人，他的生与死自然也无关紧要，甚至都没有引起几个人的注意。然而，四十年后，菊女却为他写了这样一篇短文。

他的活着或死去，又怎么可能无关紧要呢？

2016年8月1日　于长沙崖边野庐

千里话凄凉

窗外，秋雨霏霏，那点声音细得如轻捻观音阁铜鼎里的一缕香雾。这些日子，我踮着脚尖轻步，想绕过这个季节，以至于秋声处处时，我一直抗拒自己目光落在何处。

眼泪在中秋的晚上还是汩汩而流。万家团圆、月下谈笑的时候，我的这个家，各人心里都在悄悄哀泣。

小外甥拿来他的日记让我修改，几欲让我肝肠寸断。那日记就三两言："今天是中秋，爸爸离开我们一月多了，别人家都在团圆，吃月饼，我的爸爸怎还不回来？我好想他。爸爸，如果您知道我想您，今天晚上就回到家里弄点声音吧，好让我知道您回来了，或者您来到我的梦里吧，抱一抱我。爸，我好想哭了，妈妈今天一天都没讲什么话，她肯定也好想您。"

"中庭地白树栖鸦，冷露无声湿桂花。"那个晚上的妹妹，能想象她是怎样度过的。

一直不敢着笔，记下那些镜头，那些哀恸，也刻意回避忆起。而此刻，佛音悠然，香雾缭绕，凭是怎样懦弱的我，也该写下点什么了。不管窗外的雨呜咽得如何揪心，那秋风寒在枝头，而妹夫，你在天堂，可以避过这个秋吗？

这八年来，妹夫从那家知名集团老总位置上辞职回家养病，妹妹与他相依相惜。我去年曾发过一文《亲爱的，天上人间，我会一直陪着你》，那病中情景，也曾让无数人泪湿衫襟。而今，真的已是天人永隔，银河邈邈，妹妹连想握住他一丝气息的愿望也只能靠梦恩赐了。

现在，我有时望着妹妹苍白憔悴的脸常想起一个问题：当初为了他们的姻缘，我上下周旋这个家族的成员认可，不知是对还是错？然佛音入心，告诉我，一切皆是缘，一切都是必然。

人世啊，如春秋冬夏，周而复始。落叶凋零，与秋风真的无关。

他们相识时，妹夫是逝去了自己爱妻后不久，亡妻留给了他一双儿子，大的三岁，小的两岁。他在朋友处散心时遇到了妹妹，其后，便渐生恋意。但他家在乡下，再则丧妻遗有两子，我那个家族气息甚浓的亲人们，哪会认可这门亲事？倔强的父亲养的女儿都倔，尽管父亲说出了“绑石沉塘”之骇语，妹妹也不怕，说就是讨饭也跟他了。

他们俩最先求于我，知我是那种最看不得棒打鸳鸯之人，其后，我拉过慈爱如佛的祖母，开始攻破一层层关口。最后，也算成就了他们这段姻缘。

后来，他们的相爱相亲、勤劳苦做让家人都接受认可，喜欢上了他。几年后，有了爱情的结晶——我的小外甥，这样，三个儿子在他们的奋斗下快乐成长着。

妹夫上到高层后不久，就已感觉自己肝部有了异常，没有太注意，加上工作繁忙，无暇顾及自己身体太多，从而导致后来无法收拾的惨状。一次在总部开会时，等他吐血倒地才知道已是肝硬化晚期了。抢救过来后不久，只好告别职场江山，辞职回到老家，开始了漫漫就诊之旅。

然而八年时间，可以抗日，让它们投降，妹夫却没能打退病魔。个性像极周公瑾的他，现在只能在天上遥望他临终时都放不下心的妻儿了。

八年时间，诊得山穷水尽，债台高筑。别墅早已变卖，到最后，一家五口租住在一间不到二十平方米的小屋内，大儿子读大二，二儿子读大一，小儿子，也就是我的小外甥读小学五年级。这样的情形，他怎能闭上眼？所以，他一直与病魔坚强搏斗着，一直想活，想再挑起这份家庭重担。

我因为一份合同要去北京签订，临行前，来到这个狭窄的小屋，坐在刚抢救过来的他的床边，心如刀割。

与他细细说了会话，也小心问他今后的安排，他说只想把两个大孩子培养毕业，再让他们拉扯小的。与他说这些时，我一直想流泪，却只能拼着命忍着，微笑着。我也看见他眼角淡淡的泪光，知我这一走，怕是相见无期了。

出门时，他望着我说："你在外当心。"再次看到他泪花闪现。

随后，我飞去北京，只过两天，就接到父亲电话，说妹夫与他儿子花了七千元租车赶到了河北某肝病医院，求生的欲望支撑着他十多个小时的颠簸。而医院拒绝接受体内已是满腔鲜血的他了。可是，妹夫不愿走，家里的妹妹也是求他们努力救治。

妹妹在家到处筹钱，随后赶到。

父母曾对她说："孩子，如果天意不可违了，你是不是要冷静些？他还有三个孩子，你们还要过日子的啊，借了这么多，怎么还？"

妹妹大哭，电话一丢："我不想听这些话，他会好的。"

鉴于此，医院组织院内所有权威不惜一切代价救治，每天药费高得吓人。直到妹妹终于哭着要我赶去，妹夫已处于中度肝昏迷，连他深爱的妻有时也不认识。到最后已转为重症肝炎，为高度传染。妹妹虽有高抗体，我却是没有抗体的。

从北京赶去，推开门时，只看到床上一张蜡黄的皮塌塌的人体模型，黄得骇人，妹妹正搬着他的头，唤着他名字，在助他小便，他的大儿子在一边，忙着递纸递杯。妹妹望着我，眼睛霎时红了，她轻轻放下他。

我叫着妹夫的名字，他已不认识我，只是狂抓乱舞，呻吟不止，这个离家千里远的医院，到处感觉出悲凉凄清。

我冲出门外，望着廊外的天失声痛哭，然后抹干眼泪，知道此刻不是悲伤的时候。我见了他的主治医生，他们诉之实情：无力回天了。于是，我对我那倔强的妹妹说："要么在此火化，因为尸体不能上路；要么即刻租车动身回家。"

妹妹随之号啕痛哭："不可在此火化，他上路连件干净衣服也没有啊，我哪舍得，他还有两个孩子在家里，都没见上一眼……"

我便做了决定，通知当地120，同样七千元租来一辆，迅即办好一切出院手续。我在走廊，给成都的父母弟弟去了电话，让他们同时动身往老家赶，给所有等着消息的亲戚一一电话，都在老家等候接回妹夫。

我知道妹夫到最后都一直不想离开这家医院，妹妹不想骗他，轻轻抱着他的头，轻轻说："宝贝，我们回家，回家治，回家方便，家里亲人多。"

可怜的妹夫竟然望着她，答应了一声："嗯。"

医护人员抬他出病房时，赤条条的他已是无法穿衣，因为他大小便都已失控。看着一张脏兮兮的床单裹着他绵软的身体上车后，我蹲在转角处悲痛欲绝，英俊潇洒的他昔日曾是怎样整洁光鲜的衣着啊！

这一走，就真是宣告无力回天了。妹妹说起他来时举着拳头对她说：“亲爱的，我这一去，就会好了，等着我凯旋的消息吧。”如今一张脏布裹着他，凄惨而归。

车从石家庄出发时，已是黄昏。那天的夕阳红得清冷，挂在远天，望去，让人浑身上下裹满孤旅的愁。车窗开着，风灌入，像是要带人去到那辽远的时空。

我竟如此孤单无力，我就要失去我的亲人。

车内，护士靠在妹夫身边，为他输好了药，妹妹蹲在前面抱着妹夫的头，宇在另一侧抓住他爸狂舞的手。他一直呻吟着，痛苦难耐。我在车尾坐着，妹夫的脚不时碰触到我的腿。上车前，就被医生告知尽量不在车上进食，以免传染。

十九个小时，千里泣血之旅，这一辈子，我算是真正亲历了一场爱人间的生死分离。

车在行进，痛在蔓延，妹妹一直蹲在地下，抱着他的头，时而亲吻他一下：“安静，宝贝，我们就快到家了。”妹夫神志不清时，抓着妹妹的手臂，揪着，掐着，一道道青瘀，她总是任其为之。十九个小时，她不停地为他擦着唾液、大便小便，不时地哄着，唤着他的名字。偶尔安静时，妹夫总是直直望着他的妻，他们就那样望着。

我在后面静静坐着，避也避不开的惨景在眼前，我所能做的，就是向黑漆漆的天呼唤：“慈悲的佛啊，救救这对深爱的人吧，救救这个灾难深重的家！”

而在他痛苦挣扎最难耐时，妹妹跪在地下，脸挨着他的脸，摩擦着，唤着，那种恨不能替他痛替他苦的无奈，那种无力拉回爱人生命的绝望的痛，让我不忍睹，只想跳下去，葬身车轮。

所有老家的亲人都在医院等着我们，病床早已安排好，担架下来，他苍老的父母抱着他的头，唤了一声：“苦命的儿啊！”我看见妹夫很清醒地望了一眼他双泪长流的母亲，两颗泪珠滚落下来。

他的另两个儿子也在一边哭，小外甥只叫了我一声：“姨妈。”我的泪就已成河。

这边医院遵照妹妹的意思没有放弃，用最好的药在抢救。第二天上午，妹夫忽然清醒了，天真的我和妹妹以为发生了奇迹，我们笑得泪花闪动。

妹夫认识在场所有的亲人了，也没有了癫狂，可是，他的身体却在变冷。他叫着冷，他的三个儿子在他床边，不停为他摸着。他催问着我的父母怎还没到，他这八年来常住医院，几乎都是我父母侍候着，他们有着深厚的感情。就这一次，父母被弟接去成都，没能照顾到。

叔叔们明白这是回光返照了，让妹妹问下他有什么交代的话。妹妹不忍心问，因为妹夫一直相信自己会好起来。所以当妹妹问他有没有什么要交代的，身子渐渐冰冷的他还在安慰妹妹：“不要问这些，放心，我会好的。”

然后，紧紧抱着我的妹妹，好久好久……

一个小时后，他的身体无法再温暖起来了，一分一秒，他的身体感觉在下沉，眼睛微闭。我们叫来医生，开始大剂量的强心针，他一遍遍叫着我的父母，怎还没到，怎还没到。随后，没再出声。

妹妹捧着他的头，撑着他的眼皮，大声哭喊：“睁开眼！不许闭上！你走了，我怎么办哪，你三个儿子怎么办啊！”他三个儿子立在床边，也在大声哭喊：“爸爸，睁开眼，外婆就要到了，就要到了！”

因为这个病的传染性，所有亲人都在病房外，听着这声声凄唤，大家都泣不成声，而我，出来痛哭一会，按着心脏，又镇静进去。

这时，我的父母终于赶到，拉着他的手，哭着：“我的儿啊，我来迟了。”母亲就要晕死过去。白发人送黑发人，上苍残酷的安排。

我拉着妹夫的手，一点都不觉得怕，对他说：“若是听到了母亲的声音，就动一下手指吧。”这时，在场所有人都看到了，没有了呼吸声、浑身已冰冷的妹夫，竟然动了一下小手指头。旁边生命监视仪显示着他似有若无的生命信号。

我是从这时开始相信人死去时，他的灵魂剥离出躯体，实实在在明白地看着他的亲人们。而自此后，我也在想，他的灵魂必有其他去处了，而后会不会与我们再重逢，真不知了。也没必要知了。

只是他的人间事，他就是至死都丢不开的。

他放不下一家老幼，那若有若无的生命信号一直不绝，病房里都是悲痛的哀号，这样会让他走得多难哪。我叫着小外甥，让他对爸爸说，他会乖乖听妈妈的话，让爸爸放心去吧。小外甥哭着：“我不说，我就不说，姨妈，我不要爸爸死。”

我让他们出去了，只留下我与妹妹，还有忍着泣声的母亲。

佛家说在人临终之时，哭声会让离去的人灵魂不安，痛苦。今天看来，属实。

我重新拉起妹夫的手，在他耳边轻轻说：“我是姐姐，这么多年，每一次面临选择时，我一直给了你们许多安排和建议。现在，再让姐姐为你做最后一次主吧。听话，你的孩子我会想法让他们大学毕业，我会照顾你心里放不下的人。你受了这么多的罪，佛会来度你的，你也该去一个鸟语花香的地方休息了。现在，想象一个四季花香、无烦无恼的天堂，跟着我念‘救苦救难的观音菩萨’吧。让姐姐陪着你跟着观音菩萨去到那个美丽的地方。”

“救苦救难的观音菩萨。”我一遍遍念着，他的手在我手里似柔软起来。妹妹忍泣，病房里一片安详，似有遥远的馨香传至，妹夫的脸色渐渐平缓，生命监视仪里，那条生命线也柔软平和起来，如灵河的波纹，一会儿后，载着妹夫，踩着莲雾散去。

之后，殡仪馆的工人为他穿起了我亲自为他购买的寿衣寿鞋。我亲自为他挑选了墓地。

他被移去了殡仪馆的冰棺里，放了两天，三个儿子轮流为他烧着纸钱，寄托哀思。葬礼烦琐，两边来了不少亲人，而妹妹悲伤得没有一点主见了，只想跟了他去，所有事由我全部打理。

火化之时，只见一阵浓烟卷上天去，一个人就这样彻底完成人世使命。我看见手捧骨灰盒的他的三个儿子，心里悲痛之余，添了不少沉重的忧郁。这个债台高筑的家，连个立身之地都已没有了，还有两个儿子两年大学的费用，他们无爹无妈了，虽是快成人的孩子，哪里禁得起这突如其来的变故？形单影只的我，该用什么方式去帮他心里放不下的人？

也算像样地送他走毕，回家时，我已是全身浮肿，五天四夜没合眼，嗓子发不出一丝声音，一头栽倒在医院，不知天日。

今天，佛音飘绕中，我对着窗外惨淡秋雨，泪痕斑斑记下这些，至此刻，心里已是淡烟疏风。那些深夜的泣声肯定一直在妹妹床头没有断过，那份深爱的念想，还有生活的艰辛。可活着的人还得继续前行，就如那十九个小时千里泣血之旅，目的是要活着回到家乡的土地，再见一眼至亲的人。

我们何尝又不是这样，每个人终是要走完自己人生路，承受各自命中所责，哪怕是疼痛难忍，也要走过。唯愿抵达时，也是心安理得，也是祥和之光。

秋雨已住，天在仙乐声里，沉静祥和。归雁于目穷处，一阵阵长鸣哀转。

我在佛前，掬起心香一捧。愿天下相爱的人们好好珍惜！愿所有我爱与爱我的你们吉祥平安！愿伤害过我，也被我伤害过的人们吉祥平安！愿众生平安！

2008年10月11日于安乡

他送了我一把建水紫陶

——怀念徐力兄弟

今天想来，他突兀地进入我的生活，应是上苍安排，意在助我破译纷纭的光阴密码，落下点滴笔墨，滋润途中一张或几张干涸背影。

我们每个人来到世间，都是带着各自的命题，到既定时分，会让你明白，路上一切都不是偶然。

那是前年晚秋某个暮天，结束几载流浪的我一个人从长沙坐班车回常德安乡县城。几个小时车程，暮云深浅里，想着父母，念着小女。

“姐姐，你是安乡人？”一个声音在我耳边响起。

我从窗外收回目光。

一张年轻俊朗的笑脸，明净亲切如春水。接下来，我知道他叫徐力，年轻画师，平面设计师。更惊喜的是，他的父母与我父母同住一个小区，是邻居。

他要了我电话，既然是邻居，我自然是给了，顺便客套了句：“有机会到长沙来我家里坐坐。”

他那次应该是加了我微信的。

随后，我更多的还是把目光放在了越来越重的暮色里，不再言语。

那是骨子里对孤独的偏执。

像许多朋友一样，可能他后来一直都在微信圈里默默关注我和我的崖边野茶，我自然是全然不知，几乎遗忘了那张笑脸。

去年上春某个日子，我接到一个陌生电话，阳光亲切的声音。那个声音重复了几遍，我才想起暮色归途上相遇的那张笑脸。他说他在建水碗窑村做紫陶画师，他想送我一把建水紫陶茶壶，这种全手工紫陶壶泡我们崖边野茶最合适，铁含量丰富，做工精巧绝伦，泡的茶鲜爽，隔夜不馊。

我肯定是拒绝的。人心的可悲!

总在提防，总在怀疑，总把世间想得太过复杂。一面之缘的他送我茶壶定是有什么企图。

他要我去建水走走，看看那里不足百人的紫陶匠人代代传承的掌中岁月，那里也有野茶。

我最后推辞不掉他天真无邪的请求，接受了他送的壶，一把刻填着“茶香四海”的西施紫陶。

记得电话里我最后问他是不是长期在建水了？他说不是，只是旅行，被建水紫陶吸引就在那多待了两个月，马上就要离开了，往云南其他地方走走。

我祝福他旅行快乐!

那刻我才明白，这孩子从我每天的微信里，知道我喜欢这些带着人体温度的手工绝活。自那一面之后，他原是一直把我放在心上。后来他母亲告诉我他那时常常对他们讲起我，对我尊爱在心。

我是后来从父母那里得知他患了肠癌。怎么可能相信，那样一张青春阳光的笑脸居然患着绝症？！

那个时候，他抱着病还在外面一个人行走。他是热爱这日月山水的。

一个知道自己身患绝症的人，别了家乡和亲人去流浪，个中滋味，不是我的笔墨和你的语言能状出的。

他在那么远的旅途记着一面之缘的我，把他喜爱的东西寄来给我，已非仅只对我个人的敬爱。他是爱着我爱的山水，爱着野茶朴实自然的回归。他在生命关口，行走途中，与我同了回家的方向，在他心里，我早成了他挽手回家的亲人。

而我远不及他的干净，一颗朴素挚诚的心，只为心里简单明亮的喜爱赠予一把壶，居然被我疑三疑四，现在想起，心都疼，羞愧难当。

我开始经常挂念起他，也开始认真关注建水紫陶的来龙去脉。那把辉煌沉敛在偏远寂然的南国小村，用一代代掌心守护五彩泥土和炊烟的紫陶技艺从此扣住了我的心。

能留住一双在生命最后光阴里流浪的双足，我想，它肯定不仅仅只是艺术的魅力。

他来长沙崖边野庐2606是去年秋天，与他年轻的妻一道。我装作不知他的病，与他谈笑风生，只是把招待他的菜品换成了清淡风格。

他给我说了建水许多感人的艺匠，说了紫陶古老繁复的手工程序。我约他陪我哪天再去趟建水，好好感受一下他描述的那份掌中传奇，他答应了。

我却一直没能定下这个日子。

今天，他已不在人间，与他再去的约定已成永久遗憾。

后来，他又来过我这里两次，都是与妻一道，精气神十分地好，满面红润，笑声不断。我暗喜，甚至几乎在肯定他痊愈了。听说绿茶可以抗癌，我送他许多手工瓜片，让他斟酌着饮点。

我请他为崖边野茶专卖店的装修提点建议，他用了几个晚上，便把我描述的效果草图给弄了出来。长天夕水，蒹葭苍苍，野趣天然。

一再说等我补充点元素，他再弄出正稿，但，也已杳然天外。

今年夏天，在他父母家与他见了一面，见到了他聪明伶俐的五岁爱女，那个时候，他气色有点不如之前，但他的笑容灿烂依旧，让人生起无边希望。

他望着女儿对我说，等女儿上大学后，他就卖掉房子，随着女儿走。

我一边笑话他，一边悄悄吞泪，赶紧告辞而去。

后来我一直在尘事里奔波，也想起他，觉得应该在渐好中。

有一次电话里我向母亲探询他状况，母亲说他的病可能扩散了，经常躲在卫生间哭，怕让家人看见。而他的母亲也背着他在一边哭，生怕他看见。他们在一起时，都只把笑容和力量给对方。

这之后，我发给他几次微信链接，都是治疗癌症的方法，却没见他任何回复。

前不久，我突然特别念起他，打他电话，无人接听。马上电话父亲去问下他的状况。过一会，他的妻回了电话给我，说这一个多月，他一直在医院，重新开了刀，但马上缝上了，已扩散至满腔，一直没有进过食了，靠输液维持气息。

我那晚坐在黑暗中许久。

这个月中旬，我在武汉接到母亲突发重病入院抢救的消息，连夜赶回老家。第二天病情好转。午间，父亲告诉我徐力就住在楼上。

但父亲不建议我上去，听说只剩皮包骨的他一直不见任何人，包括他宝贝女儿。

我平复了一会，还是鼓起勇气和心宝气喘吁吁爬上八楼他的病室。护士长告诉我，他走了，就在那天凌晨五点多。

我的腿在发抖。

那天的殡仪馆只有他一个人的灵柩，灵堂因此显得格外空寂。与他患难相扶几年的妻坐在一边，没有泪，直直望着跪在地上烧冥纸的他们五岁的女儿，宝贝长得像极了他。他苦难的母亲扶着冰棺唤着儿，让人心裂。

我走过去对他说："兄弟，我恰好赶回来送你一程，好好的，在那边！"

灵堂上那张遗像，笑得灿烂，悬在黑白挽歌里。

我确信，他已捧着泥土清香，回到了炊烟袅袅的家。其实他在建水碗窑村，在掌心陶泥里，在白云山水间已了然明白来和去。所以，他被没收了灵魂的载体，却没能没收他天国的笑容。

他有不舍，他也流泪，是因为爱。他太年轻，应该留住他，让这明净的笑容可以温暖人间那么多的炎凉。

此刻，我捧着他送的紫陶茶壶，端详这"坚如铁、明如水、润如玉、声如磬"的传奇，怀念着那张同样质地的笑脸。

因了这张朴实盎然的笑脸，此生结下建水紫陶缘。

后天早晨，我将飞往昆明，去建水碗窑村，去体会他当初为什么非要坚持给一面之缘的我寄来一把紫陶壶，去看看那些古老技艺的传承者，去寻找泥土和炊烟里的他的笑容。

兄弟，我想念你。

2014年10月29日于长沙

生死蝶

六年前，我为逃避一段被世人极不看好的感情，来到省城一家电视台法制栏目组工作，地点被设在省高检庄严威仪的大楼里。

我让繁忙的工作尽量占满时间，然而时不时有种催泪的揪心感，时时告诉自己时间长了思念就会淡去。

那天下着大雨，刮着大风，离上班时间只差三分钟了，我急急往办公大楼跑去。就在迈进大厅的一刹那，突然止步，左边那扇巨型玻璃门下角有一色可人的嫩黄跃入眼帘，走近蹲下来仔细看去——

玻璃门上也已被风雨打湿，那嫩黄是一对长得几乎完全一样的蝴蝶，一只很有生气，一只奄奄一息。

它们是那样娇小，嫩黄羽翼上点缀着两斑忧郁的浅黑。它们是兄妹？是恋人？

伤蝶被雨水沾湿连在门上，颤抖着，时不时尽力扑棱一下双翼，另一只在旁边一会儿拥着，一会儿在伤蝶身边盘旋两圈，我实是看出了它的泪，看出了它刀割般无助的疼。

环顾四周，除了大厅保安在远处惊奇地望着我，再就是愈来愈大的风雨。

这样不行，风还在把雨不停地往阶沿上送，伤蝶黏在门上的翼一会儿就该折了。见它又心疼地偎过去，静伏着，似能听到它在低唤："宝贝，挺住！"它们彼此凝视着，不舍万千。

我伸出手，小心翼翼让伤蝶挪到我掌心，紧连着它的那只居然也一动不动随着伤蝶挪了上来。门上，留下了斑黄点点。

我端着它们进到大厅里面，在那块玻璃门后面，轻柔地放下来。伤蝶柔弱地躺在温暖的门角，微微颤抖着，而另一只则在伤蝶身边盘旋了两圈后，又紧挨着伏下来。

我又看了它们许久，它们相依相偎，大风大雨此时隔在了玻璃门外。在保安狐疑的神色里我走进了电梯，电梯门关上的一瞬，我望向它们，泪落如雨。

红着双眼走进办公室，接受了意料之中的批骂。终于挨到中午，我几乎是冲下去，奔到门边，它们不见了！蹲下来再仔细搜索，竟然连先前门上黄色的翼渍都消失殆尽，这里就像什么也没发生过，痕迹全无。

我跑过去问那保安："看到门角的蝴蝶没？"

"什么蝴蝶？你怎么了？"他似乎什么也不知，那神情是在怀疑我脑子有病。我担心我走后是不是保安把它们清扫了出去。

用憎恶的目扫了他几眼，走到门外，我望向雨后干净的天：你们在哪儿？你们是不是一起飞走了？

这之后，每天上班，经过那扇门时我都要习惯停一会，目在门里门外流连，心在忽上忽下牵疼：它们肯定在雨止后一起相携飞走了，飞往那花团锦簇的地方，一定是！

不久，我把辞职报告放在头儿的办公桌上，回到了牵挂我的人身边。

蝶尚能共风雨，人又何惧？

虽然后来有着日子无以言说之累，但那毕竟是日子的事，也要继续走过。

只是这六年来，那一对风雨中相依相偎的嫩黄时时在我眼前颤动着。

2006年4月14日重写于常德

补叙：整理这篇十年前写的文章时，有些怅惘。文章中的故事发生时，与他爱情还刚绽放，后来一路苦撑七年，终究各奔东西。多少磨难多少情爱，原都是一路走过。

也好，一起共过风雨，认真刻骨爱过，如今，散散淡淡，不喜不悲，一起遗忘天涯。

奈何天之热红枣

有多少年了呢？小宝都八岁了，应该近十年了吧。虽然现在看来，那绝对是一次走向地狱的奋不顾身，因为几句诗而识得，就那样不留后路地跳了下去。

却也有过患难清欢，让今夜的我在远方，念起，泪起。

他的那个小窝，单位的宿舍，因了四壁的书，而有了一无所有的清贵。坐在那破旧深陷的沙发上时，面对一拍才有影的电视与满墙霉斑，我那样认为着。

所以，望着他，用小女孩般善良的笑容对他说，那不是霉，那是一版天赐的国画。我有时盯得久了，真看出了徐悲鸿的奔马手迹。

那时，为他不止的思念和催促，我刚从省电视台不顾后果地回到有他的家乡小城。

这世道容忍别人贫穷，却不愿让自己的至亲与好友去沾上穷人的边，那是一种揭天掀地的反对与讨伐，我与他在艰难中，被逼成了难得一见时的相依为命。

真的很穷。所以，他那样一个不屑钱权的人，有几次路过彩票摊，两元钱买过几次，我也陪他对奇迹希望过几次。

他的小窝在四楼，我去了后，用一颗小女人的心把这里的破败寒酸布置得温馨浪漫，我亲手挑了一幅缀有星星点点菊花针绣的柔黄窗帘挂满了靠街的一板墙，于是，我们把凄苦挡在了帘外。

我那时因执意跟他而被开除了家籍，所有亲人都不许我进门，不与我联系。但我那样想念着我的亲人们，朋友们。

所以，我常常在深夜里卷开菊花窗帘，靠在窗边看路灯下晕黄的人影与暗色的夜空。我没有哭。他有时环抱住我，我们不出声。

那个冬天，我尤为记得，夜夜为守候一声“热红枣”，我总在子夜时分临窗而立。

那个冬天的寒冷有一种凄怆的颜色。让我没想到的是，一个小小的人影，肩着一担，一声比一声悠长的叫卖暖透了一条街、一座城、一个冬，还有我这一生念起那时的心。

“热——红枣啊——，热——得很的红枣哎——”在那样一个着了白色的寒夜里，街上几乎不见了人影，他的叫卖声极富韵律感，声音有一种奇怪的穿透力，高亢，有金属的亮色，尾音里总要转个弯，弯声落定处，让我有如迎来奶奶慈祥的凝视。是的，我想天堂的奶奶。

我一般会躺在被窝里听它遥遥传来，总有泪想涌起，但每次都吞了下去。

后来，我会起床，会靠在窗边，去找寻把这声音丢给这孤寞冬夜的人。有一个寒夜，我看到了他的身影，没想到，能有这样嘹亮声音的他，竟然是一位接近侏儒者。我看矮小的他肩着一担热红枣，一声一声慢慢走来，过了我的窗口，慢慢走去。我会站在窗边一直送他到不见人影，但那声音会在寒冷夜空里缭绕不绝。

有一次，他从朋友处回来得很晚，刚好碰到热红枣经过家门前的街道，他特意为我买了一碗上楼。我从床上坐起，很惊喜，他好像是要喂我的，但我执意自己吃，真的是热腾腾的红枣呵！

他告诉我，这位卖红枣的人有妻有子，妻子很漂亮，是一位残疾人，一家靠卖热红枣过生活，他们很恩爱。

他望着我一颗一颗吃完了，我的脸红润润的，跳下床，跑到窗边，去追那远去的叫卖声。他在我身后笑起来，我也笑起来。

七年后，上苍安排九死一生的我与他分开了，万般无奈地离开了痛苦过也温暖过我的小窝。我只把那声“热红枣”带走了。

此刻，在远离家乡的冬夜里，我推开一堆的策划方案，又想起了那声悠长的热红枣。

多年以来，在外漂泊，念起家乡时，我总会想起那卷淡黄色的菊花窗帘，那条冬夜的街，那个矮小的人儿，那一肩担，那声热腾腾的叫卖声。

几月前，与成为朋友的他一起吃饭时，我说起了那声热红枣。他说，早不见这卖红枣的了。但，他的窗户上，还是我当年挂上的那幅菊花窗帘。

如果再有热红枣飘过窗口，是否还会有人儿临窗？

都永远搁在日子那头了。

只是那声“热红枣”总在寒冷时会冒出来，让我仿若卷帘依窗，看着小小的他肩着担，走过冬夜那条苍白寂冷的街道。

2011年11月12日于成都浣花溪

缀：一个人在办公室紧张地写着计划方案，突然罢笔，发起呆来，为那声热红枣，临屏写下了这些。毕，伏泣。

回家真好

我应该要记下这趟归程。

那些天，在空中飞来飞去，一直在高烧中咳嗽中，带着血，几乎神志不清了几日。我坚持要往家赶，只想见到孩子与父母了。行李放在了异乡，天大的俗事也丢在了异乡，我带着病中的身体只想回家。

从武汉到老家，六个多小时的高速大巴。其间昏睡中醒来几次，第一次醒来望去窗外，看到一轮好大的夕阳，在远天里安静地挂着。

只想尽力多望一会儿，窗外飞速逝去的景物更是让它有种处变不惊的从容与大度，更多的是慈爱与祥和，我几乎闻到家乡的炊烟味。

到底没能看到暮色是怎样完全吞并了它，我又昏睡过去。做了梦，记得一个片断：我在一片原野上不停地走着，好像在叫着谁的名字，一个模糊的背影总在离我不远不近的地方。

等我再次醒来时，车窗外，墨蓝的天空竟悬着一轮夕阳般大小的圆月亮。大地已是安静如水，月色中的树影、河流像一幅静态画一卷卷收起，又展开。

那刻很清醒，支着头，认真打量着它，打量乡愁般，打量着月光下飞逝的一切。

虚极了的身子软软靠在座椅上，让这异乡的月带着某种感应某种懂得，陪我憔悴不堪的归程。

迷糊中，记起博友饮月的那首《明月，又过霜河》，没有比那时那刻更能体会他这首诗的意境了："我终无法回头，那是宿命的安排。从异乡到异乡，再到我行走在故乡陌生的人流，季节强悍的手，恣意更改我落上印章的背景，却无法更改，青丝渐成白发。明月，又过霜河。"

我感激那晚的月亮，它柔和慈悲的光，一直伴着我。任凭眼泪一行行滑过我烧得通红的脸，那是病中无法坚持的脆弱，无法掩着的旅愁。念着什么，想着什么，那刻都那么远那么近的缥缈着，没有怨了，有的是无关你我的感念与感动。

回到了这座小城，很晚了。以我以往习惯，这副憔悴之容是绝不能让父母看到的，所以准备直接去老家的几个死党那儿，但经过父母家时，还是径直敲门进去了。

吃着母亲给我热过的饭菜，两位老人坐一旁望着我，问这问那。然后，我起身去洗澡，说想睡觉了，顺便轻松告诉两老我有点小感冒，这几天要去医院输点液，要他们放心，朋友们会守在身边的。

那晚，我躺在父母家的床上，假装睡着了。母亲站了一会，给我熄了灯，就回去她的房间了。

再看窗外，那轮月依然在，明亮温柔在树端。我安静地睡去。

打点滴退了烧，我回到自己宽敞漂亮的家，久不住人，请了钟点工把它清洁一新。

接了宝宝来。每次，我都会珍惜与她在一起的分分秒秒。

很开心守候到了家乡一场美丽的雪，一种温馨需要它的衬托。

那天黄昏，我买了筒子骨，给宝宝炖白萝卜，她该要放学了。锅里热气腾腾，恰好玻璃窗外，大雪纷飞，这温暖的热气与纷飞的大雪织成了寒冬里一个温暖的家。

门外，她娇嗲的“妈妈，妈妈”声在响起了，赶紧开门，抱着她啃了几口。

“乖宝宝。”

“乖妈妈。”我们会这样相互叫几声，然后她会习惯问她姐姐来了电话没。

从早到晚，我们母女无时无刻不在幸福中。她说世上最好吃的饭是妈妈做的饭，我知道她的赞美是因平日思念我太深。

我听来却是万千愧疚于她，大人们错乱了日子，让这小小人儿受这不明不白的思母之苦。

刚刚起身去看她，她在枕上睡得正香，我喜欢在这样的时候，伏在床上仔细看她，吻她，喜欢她的小手在梦中使劲推我的脸。

知道分别在即，这样的时分愈显珍贵。罢笔，去陪宝宝，去守护她的梦。

床边，依旧是缪崇群的散文集。翻开，是他的《苦行》：“从前热带地方有一个土人，他高举着他的手，直等到鸟雀在他掌上搭起一个巢窠。他是傻子吗？他就是所谓的未开化的人？然而我并不这样想，我相信他才是一个有信心的人。他忍受了任何困难与折磨，屹然不动，鸟巢到底选择了在他的掌上搭成了。”

还有这样的傻子？鸟巢还终于在手上搭成了？不想了，睡！

2010年12月27日于长沙

可爱的姑姑

前些年看到张爱玲写她的姑姑，说：

有一天夜里非常的寒冷。急急地要往床里钻的时候，她说：“视睡如归。”写下来可以成为一首小诗：“冬之夜，视睡如归。”

洗头发，那一次不知怎么的头发很脏很脏了，水墨黑。她说：“好像头发掉色似的。”

等等诸如此类的语录，这的确是位可爱的姑姑，也让我看到了在世人眼里似一口古井般幽冷的爱玲，她深底的暖意。

同她一样，我也有位与我年龄悬殊不太大的姑姑，刚刚还在短信上调侃我，要我把个人的事向她汇报。我说个人的事暂不考虑，先享受孤独。

估计她哼了一声，拉着姑父去跳深圳的广场舞了。

比起张爱玲的姑姑那些可爱的语录，我的姑姑倒是多些可爱的行为。

虽是清贵人家，这个家族里，姑姑还真是在千娇百宠中长大的。她上面五位哥哥，奶奶在四十岁时生下这个独生女，大我十二岁，所以，小时喜欢与我争宠，长大后竟似姐妹。

她注定是上苍的宠儿，这一生成为了姑夫的娇妻。经常看到一些女孩子在那里自怨自艾的满满期待，希望有个如父如兄又如情人的爱人。我每每看到这些，就替男人们冤屈，做个男人实在是件苦差事。同时也替那些女人们感到好笑，爱做梦。我也是。

但姑夫于姑姑，还真让我看到这样一种爱人是存在的。他像她的父兄，更是她的爱人。他们夫妻间相处之道，基本就是幽默调侃逗乐。这样的家里，真是轻松自在的。

她的爱美是她平常日子的主要内容，也会吓到不少初次去他们家的人。每每去，总会见她满脸铺着黄瓜片，或铺着蜂蜜珍珠粉啥的，穿套睡衣在那里扭腰伸腿锻炼个起劲，并且也不影响她这样子与人家说话聊天。

可能还是有些作用的，如与她一起出去，有人问我："这是你姐吧？"她必定回去后会装着无意说给姑夫听。然后，我姑夫也装作大吃一惊："哎呀，那人啥眼神，你看上去比菊还小呢。"

她反应过来后，会用粉拳去打她的爱人，我们会一起笑许久。

姑姑他们一个朋友的婚姻发生了危机，这是让姑姑最为紧张的事，一件小事足以证明。

他们那个朋友婚外情的对象竟然是我的一个姐妹，我有点尴尬。那天去她家，姑夫也在，我说起我的朋友，只见姑姑眼睛对我眨个不停，我开始还以为她眼睛不舒服，但见她一直只对我眨眼努嘴的，估计有情况。又见她随即把话题扯到其他上面去了，正在我不解时，她把我拉到房间里，对我说："你姑夫现在还不知道这事，你不要让他知道，不然他听了会羡慕，到时也给我弄个婚外情回来，我岂不惨了！今后，所有关于婚外情的话都不要对他说起，免得他传染。"

我听晕了。敢情先前眨了半天眼，就是这原因？ 回到家躺在床上，我还在笑。

姑姑是个贤惠的女人，家里收得一尘不染，单就这点我像她。但她更出新意，让人哭笑不得。她家的红木餐桌随便几时去都只见一些旧报纸盖着的，她怕把桌子弄脏。我说你这样，那桌上刻花艺术都不能见天日了啊？真是明珠暗投了。她也不好意思，却总是这样持续着，直到后来他们家搬到了长沙，那套房子连同家具一起卖了。我到现在还在惦着那套红木家具。

姑夫的一应穿着都是由姑姑调摆的。他们家新衣新鞋不少，只能谁家有个喜事去吃酒才可以穿。一次我与他们去四叔家做客，姑夫问姑姑：“老婆，我今天可以穿那双奥康吗？”

姑姑一脸娇嗔：“嗯，今天可以。”

姑夫望着我，幸福地咋着舌：“终于可以穿新鞋了。”那故作可怜的模样实在让人好笑。

姑姑这样的节俭，应该源自我奶奶。那个年代出生的人，对物质文明的快速发展有些无措，他们能做的，唯还是保持着当初那质朴无华的心。

我见识姑夫的担待与沉着，是在得知姑姑得了癌症时。我是突然得到这个消息的，因为她一直没有生过病。姑夫给我打电话，第一次听见他如此沉重的语气，他要我赶快来医院，说你姑姑有点麻烦，初步诊断是癌症。

像所有这类情况一样，我不敢相信，浑身都在发抖。

我赶去医院时，因为消息太突然，从小娇气的姑姑恐惧得浑身在抽筋，哭得声嘶力竭，床边围满了亲人。我帮她揉腿，克制着自己的情绪。一会儿，她的五个哥哥也赶到了。迅速做决定，往长沙确诊后手术，我要求去陪护。这之后，姑姑冷静了下来，只是那手一直死死捉住姑夫的手。

推进手术室之前的姑姑被姑夫抱着，他又开始幽默调侃她了，说她现在这个样子好斯文，像淑女了，也苗条了，越来越年轻了，可是他看不习惯，手术后还是要把她养胖，好让她继续扭胳膊扭腿锻炼减肥。姑姑被逗得咯咯地笑。

他最后亲了下她，告诉她别怕，他在外面等她出来后，姑姑被推了进去。我看着姑夫开始流泪，从不抽烟的他开始一根接一根。

姑姑的手术很顺利，听说那癌症怕爱，这么多年过去了，想必那癌症确是被爱给打跑了。

他们也有赌气时。

那是他们俩去长沙复查回来，姑姑亲口叙述给我听的，她讲述这事时，可能知道自己也不对，满脸不好意思，那天真的模样着实让人好笑。

他们复查完去姑夫的兄弟家，女人们都纠结这些人情礼数，姑姑要买点礼品进门，姑夫说自家兄弟不需那样客套。就这样僵住了，都不让。最后，姑姑说："你如果不买我就不去了。"姑夫还是坚持不必要买，姑姑就威胁他说那我走了。姑姑还真转身走了。

姑姑继续说："天已近晚，我估计他会追来的，他知道我身无半文，东西南北都不知的。"她说到这里的时候，恨不得还要哭一场。

她说："我走着走着，用余光看他追来没，却没看到他。我赶紧回头望，确实不见他追来。我一下崩溃了，捂着脸开始大哭，边哭边骂他，不知为刚才的冲动有多后悔。这当口，他突然闪了出来，嘻嘻笑，说我就这点本事，还讲狠。我看到他，破涕为笑，追着他打了几下。后来，他还是随我买了礼品。"

姑姑说到这里时，一脸天真，可爱之极。

事实上姑姑转身走时，姑夫马上就跟上来了，只是走在阶沿上，他悄悄跟着她，看她老在回头找他，姑夫直好笑。他不出声，看她如何收场，直到她蒙着脸开始大哭，他心疼了，才从她身边的一根立柱后闪出来。

我听得眼泪都笑了出来，仿佛看到夜色中的长沙街头，姑姑那又急又悔又怕又恨的模样。

姑夫经常拿这件事调侃她，每次都会让人笑得肚疼。

有时也经常与姑姑回老家去看奶奶。

每次回老家河堤边那栋老房子，姑姑总会烧盆热水，替九十岁高龄的奶奶泡脚，按摩，然后拿出各样大小不一的剪子替我奶奶的三寸金莲修指甲老皮，也会替奶奶剪发，洗头。这一切做完后，她会小女儿般伏在奶奶怀里，望着她叫声："我的妈妈。"很深情，让人想流泪。

这样的姑姑，是可爱的。

2016年3月5日于安乡重写（第一稿在七年前）

我的奶奶

我在那篇《武陵祖母红寻访记（一）》里这样写过：

这些年，无论流浪在雪山草原还是阳关大漠，佛光环绕的拉萨还是尼泊尔，我总是忍不住悄悄找她，星空下默默唤她。

我让自己认为她还在，一直坐在故乡老屋檐前的阳光里，远远注视着她散落红尘各自奔波的儿孙们，注视我。

她是我的故乡，道和爱，是我灵魂家园的构筑与牵引者。

一

她叫梅，我的奶奶。

九十二岁的奶奶离世后，这么多年，我到处在流浪，多次想摆好键盘写写她，而每次还只开个头，就哭得崩溃，只好作罢。

我们可能是都习惯了把自己的悲苦无限放大，以为自己是这人世间最不幸最可怜的人。走过太多地方看过太多人世后，发现，我失去奶奶实在是一件很平常自然的事。可就是这平常自然的事，让我经年的泪水无论如何都走不出她的音容笑貌。

我发现与其说是思念不舍，还不如说是怯弱。自小到大，习惯了这个称呼带给我的力量与温暖，哪怕九十多岁的她坐在老屋檐前的阳光里不言不语，对我来说，都是无可比拟的温暖与力量。

她走了，犹如灭了我黑夜里的那盏小橘灯。我的悲痛里实在有太多的慌张无措，我一下感觉孤单荒凉起来。我在那首写给她的诗中也这么说：

你走后
一生苦寒点燃星空
我在星空下开始漫长的孤独

她一生有着与万千母亲相同的经历，辛酸而坚强。苦难的年代，造就了许多坚强智慧的母亲。

踏着三寸金莲的她见识却不短，在外工作的爷爷远比不上她。她不顾爷爷的反对，让她六个孩儿全部去上学，在那个永远吃不饱的年代，这是不敢想象的事。她的孩子们个个都会读书，个个都懂事。而她用一双三寸金莲在田间地头，为她的孩子们支起一条条通往知识的小路。

今年大年初二，一位老者跑到家里来寻父亲，他说他是父亲当年的中学老师，他说父亲是他教书生涯里最优秀的学生。一个七十多岁的学生与一个八十多岁的老师隔了六十多年后拥抱在了一起。这的确是件值得激动的事，我们也激动了。

奶奶没有上过学，却能听过不忘，《四郎探母》《薛仁贵征西》等这些戏曲，她是听来的，却一个人能全部唱完。我就是自小在她戏曲里长大的孩子，她绝对是我历史课的启蒙老师。

不仅如此，父亲姑姑他们的珠算全都是她教会的，姑姑后来在商业系统工作后，曾拿过珠算比赛的大奖。而奶奶的珠算是如何学会的？她说看着别人打，就会了，不复杂。可我就看不会。

奶奶在七十岁之前，每年都要犯一次精神病，时间一个月左右。这个病与她的聪明才智一样，是个谜。

我一直对她十八岁嫁给爷爷时发生的一件事耿耿于怀，问过奶奶几次，她总是之乎者也，闪躲开去。问过父亲叔伯们，也都不知其所以然。只知道，当年十八岁的奶奶就要出嫁了，她去河里浣衣时，看着河里她的影子，就精神错乱了。当时错乱成什么样，我不知道。我只知道她后来发病时的状态，通宵边纺棉花边唱戏，那每一根棉纱都是日后她孩子们身上的衣裳。除此，便是日夜骂那些做坏事的人。

爱猜想的我，后来极尽猜想之能事：她当年是不是不想出嫁？她连爷爷的面都没见过，她一定是担心嫁了个丑八怪；又或者，十二岁就失去父亲的她丢不开家里那么多弟弟妹妹，她嫁了，哪个帮助母亲来养幼弱？

这些好像都不太成立，看她后来一生的言行品质，最有可能成立的一种说法是，“哪位菩萨或神仙附她的体了”。

据说那次病了一个月后就正常了，嫁给了爷爷。她如果真是担心，那是多余的，她嫁给了一个富裕人家的帅公子，爷爷的确很帅。

接着，奶奶的孩子们一个接一个来到了人间。五个儿子后，四十岁时，终于盼来了一位仙女，也就是我的姑姑。

从我记事起，姑姑就一边儿去睡了，我与奶奶睡在了一起。听她床头讲戏讲传说，夏夜星空下，她给我摇大蒲扇，一双布满老茧的手摸在我身上，发出那种摸在丝绸上的声音，痒刺刺的，很舒服。她老是爱逗我："菊长大了就会嫌弃奶奶了，不会再与奶奶睡了，因为奶奶老了，有老人味了。"我听了总会很急很急，说："才不，奶奶老了我还是要一起睡。"

她与她孩子们的故事，在那个年代里，不知有过几多辛酸，但我坚强的奶奶靠她的智慧和品行熏陶，让如今这一群儿女虽不是大富大贵，却也一室书香，满身清贵。

她的一身正气与善良，远近闻名。

我在《我的大姑婆》那篇文章里有说过，我大姑婆的爱人是当地最大旺族的大少爷，被土改领导陷害枪毙后，所有人都避之不及，生怕牵连。我的奶奶却是常把她接来住，总是对孩子们说他们的大姑夫是冤枉的，太可惜了一个人才。她告诉她的孩子们，好坏对错要有自己的判断力，不要人云亦云，脑袋要长在自己身上。

所以才导致我后来在奶奶家经常见到大姑婆，也才有了那篇关于大姑婆的文章。

奶奶离世后，父亲说了关于的她几件事。

"文化大革命"时，他们那里有位老乡亲小心翼翼买了一尊毛主席瓷像回去供上，怕碰碎，他用一根麻绳围在主席瓷像脖子间，心想这样便安全了。提回去的路上，被红卫兵发现了，这翻天了，居然想绞死伟大领袖毛主席！万人大会上，那位老乡亲被揪上台，百般斗，惨不忍睹。对于这可怜的乡亲来说，这完全是飞来横祸。台下的人除了跟着打倒他，哪个敢出声？

还真有人敢出声。奶奶那一瞬间就犯了病，她走上台去，对着他们大骂起来，说他们不知羞，拉上一万人就为斗这位大字不识一个的小老百姓。她问他们："依你们看，那麻绳捆在毛主席哪个部位就叫合适？"

骂他们有娘养无娘教，这么对待一位不识字的老人，是不是毛主席教出来的？然后她用毛主席语录一条一条来骂这些家伙，以子之矛戳子之盾。毛主席语录，她倒背如流，且正在活学活用。

底下的乡亲们为我奶奶捏了一把汗，可能都知道我奶奶是位精神病人，也可能被奶奶骂清醒了点，这万人大会居然就被奶奶给闹散了，那位老乡亲给奶奶鞠了个躬，后来像孩子一样委屈得呜呜哭着回家了。本来是多热爱毛主席，结果闹出个想绞死毛主席的罪名。

多荒谬扯淡的年代！

奶奶的精神病与别人是不一样的，发病后的她几乎都是在行侠仗义，她骂人从不带脏字，都是在摆事实讲道理。

她会亲自上政府大院，抵在那位把全乡的树砍了卖了有些不清不白的官员面前骂："俗话说前人栽树后人乘凉，你把这树砍完了，想必是要断子绝孙了不成？"那官员是不能出声的，他出不了声，听着这些义正词严的骂声，他只能哑口。四围乡亲没有一个不开心不敬佩的，她骂的都是他们想骂而不敢骂的话。

她也骂我母亲我婶婶，因为她们偷偷学着打牌。奶奶一直把儿媳当自己女儿，唯独发病时会骂她们，那些想叫我母亲我婶去打牌的阿姨，只要见到我奶奶身影老远就绕道走了，不然被我奶奶遇见，要骂死。

但奶奶病好后，会很不好意思。她会对我母亲婶婶还有那些阿姨道歉，会说偶尔玩下小牌是可以的。

她发病后的骂人是让人心生敬意的，然而，她的亲人却不管这些，看着日夜不眠的母亲、到处行走的母亲，只会心疼得无法。

记得我几岁时，有次奶奶发病了，跑到姑姑的中学去骂校长，我的三叔也在那所中学任教。奶奶说他们不司师职，学校不成学校了，天天要学生挑砖捡棉花干农活，智识的奶奶那时就看出了那个时代在乱套。

不管奶奶去哪里，我必定是她的小尾巴。她一开始骂人，我就开始哭，生怕别人打她骂她。那次，有老师强行抱我走，我拉住奶奶衣角，生离死别似的，号哭尖叫着不离去。他们还是抱我去了姑姑的教室，我像个小玩意儿被他们从前排玩到后排，他们根本没有上课，都在逗我。然而，我除了哭还是哭，我要回到奶奶身边去。

姑姑、三叔和父亲心疼自己的母亲这样的折腾，乞求她服下几片安眠药后才睡去。那所中学的校长对奶奶一直是尊敬的，他后来也成了我的中学校长。我清楚记得，在奶奶骂或唱戏的过程中，多是围观者众，要是人群中有小孩或谁大声哄笑“那是个疯子”的声音传来，我与姑姑就会大哭大骂，拿着泥块去打那说的人。

我在初中之前，最听不得谁问我奶奶死后我会不会哭这样的问题，我听到会马上翻脸，哭着说我的奶奶才不会死。问我这话的人必定要被我恨许久。

后来大了，慢慢知道了人出生后就一直是在向死而去，但是，若是有谁再聊起奶奶死后的话题，我最多也只能由不舒服慢慢转为只当没听到罢了。

我还是接受不了这世上终究是要没有她这个必然的事实。她没有了，曾无论如何接受不了的我这会还是用敲着关于她的一行行字来接受了，并且，除了那一行行泪水，我没有因此死去或损坏太大。

父亲常在我们面前说起她的善良。对于奶奶的善良，其实那些乡亲比我们知道的更多。父亲最喜欢讲起的一件往事是他小学时，全家人都在饿肚子，实在撑不过了，他与兄弟们会吃米糠，这样会便结，最痛苦时，几个兄弟齐齐地并排站在条墩前，手撑着墩子，喊“1——2——3”，一起用力。

我听得身子发紧。父亲说有次你爷爷回来带了几斤大米，兄弟几个盼望早点放学回去吃白米饭，结果推开家门一看，你奶奶把一筐米饭全部给了几个逃难者在吃。奶奶抱着她的孩子们，说对不起，那几个人快饿死了。

父亲与他的兄弟们眼泪花花望着她说："妈妈，我们也会饿死。"

父亲这样说起，我想象得出那个时候奶奶心里的难受。这位从来都是在孩子们吃完饭后才开始端碗的母亲，又怎么不在他们的眼泪里心疼自己的孩子？她可能也开始自责怎样也得给孩子们留一点的，这当然是我的想法。

我现在也常在做些善行义举，可是，比起我奶奶，我觉得自己的善良湿淋淋的，就没靠过岸。比在她的心肠下，我委实感到羞愧。

二

奶奶的孙儿们越来越多。我作为长孙女，在她七十岁时接她来我厂里住几天，结果刚到就摔了一跤。由于诊断错误，以致后来那条腿跛了。我因为爱她却成了伤害她的因缘，不过，那次后，她的精神病就没有再犯过了，她在老去的日子里越来越安静。

我一生洁癖，却唯独在我孩子和奶奶面前除外。她那次受伤后，吃喝拉撒都在床上。有时大便都会拉在裤子上，我竟然用手替她一一清理完，父亲看到后，都是赞叹的。我不是为这一声赞叹，而是太亲太亲，如同体之故。

后来几年间，奶奶慢慢能跛着行走了。可是，天还在苦她心志。

那天，她靠着街边走，一辆摩托从后面开过来，车手回头望什么人时，车直接撞向了奶奶，她被撞飞了起来，摔下来时，一身血，街坊们都以为老太太死了，赶紧电话通知我父亲。

她是第二天中午醒过来的，一个牙齿都没有了，她说的话只能靠猜。第一句是："发生什么事了？"

当她的儿女们告诉了发生的事后，她马上看到了躲在一边的那个骑摩托的年轻人。她对他说："别怕，孩子，我的儿子们都有单位的，不要你诊的。不怪你，这是我的劫难。"

父亲叔伯们你看我我看你，面面相觑，对她说："我的妈妈，那天上的菩萨一定是开会去了，不然怎么不保护您这么个老好人，让您受这样的难。"

那年轻人望着奶奶号啕大哭起来。

这之后，奶奶就开始了老屋门边二十多年的漫长枯坐。父母那时和奶奶住在一起，她总是拒绝上桌，要父母给她打点饭打点菜来就行。她会干干净净吃完，然后等父母来拿碗时，她会蛮不好意思地说："真是拖累你们了。"

之后，父母忙他们的去了，奶奶一个人就傍在那个门边，看鸡儿们走来走去，树荫漏下的阳光，有时会移到她的脸上和白发上。

她面前偶尔会见一个小凳子，上面有个小本子，一支铅笔。我有次回去看她，下堤时，我就在呼喊"奶奶、奶奶"。她自然是听不到的，依旧在阳光中眯着眼，看一个人影到了跟前才笑起来："是菊啊。"

她接着就会一个个问起来，我大伯三叔四叔五叔还有姑姑，我说都好。她会说："那就好，你告诉他们，我不想他们，不要来看我，不要耽误工作，我很好，你父母把我照顾得很好。”

她那神情好像在天堂生活般。

有一次，我无意中拿着她面前的小本子翻起来，我以为是奶奶画画鸟画画鸡解闷，结果我看到那纸上面写的全是她儿女的名字，从伯父开始，一路顺序排下来，一页一页。

我抱着奶奶就哭起来。我知道她是想念他们的，尤其在这孤独寂静的环境里，只是奶奶习惯了为他人着想，生怕给人添一丁点麻烦。

她葬礼回来后的家宴上，我把这件事说了出来，我的姑姑当时就号啕大哭。或许奶奶在生时，我们都忽略了太多亲近老人内心的机会。因为他们的妈妈，总是把自己放在后面，在她眼里，所有人都会比她重要，何况自己的儿女？

记得2010年那个三伏天，我接到父亲电话，说奶奶快不行了。那时我在公司正在指挥一场营销活动，三魂六魄都飞了，带了一支昂贵的美国保命剂就往家里赶。

她不吃饭已有几天，长辈们说奶奶是存心绝食。我爬上床，开了那瓶一万多一支的水剂，往她嘴里倒，可奶奶紧闭着嘴，就是不张开。我抱着她瘦得如一片叶的身子，呼唤着：“我是菊，奶奶，求您喝下它。”

奶奶望着我，等我把水剂拿开后，她就张开嘴了，她会对我摆手，意思是知道我回来了，不要我们再努力了。

我想出一个方法，等她张嘴时，我突然向她面部喷去，这样多少有些会进入她嘴里。

这样做的结果是奶奶不再张开嘴了，我只好与姑姑伏在她身边，日夜不停地用冷开水为她擦湿嘴唇。

因为九十二岁高龄了，众人都建议不要去医院折腾了，何况，只要听说去医院，奶奶就拼了命拉住床不肯松手。

那一夜，我抱着瘦小如叶片的奶奶像抱着自己的孩子。

又过了几天，奶奶气色好了点，父亲他们说可能会渐渐好起来也说不定，我自然开心得很。然后，公司那边一遍遍电话在催，我只好先回长沙，交代有任何情况马上通知我。

我走时，特意到床边抱着她，说我回公司处理一下事就回来，要她好好的，等我。奶奶像是听明白了，她一直望着我走出那个房间，带着笑意。我刚到长沙，就接到电话说奶奶过世了。正好夕阳时分，我坐在街边花坛上，泣不成声。

她到底是不想再拖累儿女们了，她是活活把自己饿死的。

多年来我一直不解，为何上苍会有这样的安排，让一个视她如天如夕阳如星子的我没能陪在她离去时分？是不是为了让我对她最后的记忆定格成那幅笑容？

那刻想起最多的是小时怕黑的我，夜里走路，总是要牵着她的衣角，让自己的小脑袋藏在她衣角内，这样，我在她的衣角内，闭着眼，靠着她的体温，跟着她走，就不怕黑了，像抱着她在被窝里睡觉一般。

那刻我才知，几十年来，我一直靠着她的气息在尘世行走，她不在后，我瞬间就有了怕黑的孤单与荒凉。

顺着奶奶的意思还是葬到老家的坟场，爷爷也葬在那里，这里靠近她的乡亲们。她在县城火化，恸哭了几天的我们送她到了火葬场。

那个黎明，确切说天还没亮，满天的星星很特别，母亲说了一句：“这么多的星星呵，这么低，像是要掉到地上了。”

我望上去，一生没看到过天上的星星有那么密实，它们垂得那么低，伸手便可触及般。它们一定不是无故的，这样的垂首是为今天的奶奶，或者是，众星都下来接她了。

我望着这具承载了九十二年世间忧乐的身体，心慌无措，不知怎样才可以留住她，她身上集合了太多诸如善良、坚强、智慧、光明等元素。看着她身子被送入火炉那一刻，我的承载力破了极限，趴在地上，一声凄厉的惨叫，便晕了过去。醒来后，没有了声音。

葬礼上，我看到远近的乡亲天没亮就守候在路两边等着她回去，他们哭着，诉说着她一桩桩往事，一直送她到墓地。他们用这种方式来表达对她的尊敬和感谢，还有对这世间的期待。

父亲叔叔们都下车跪在路上，哭着向乡亲们答谢，向这片故土答谢。

那年春节，母亲说："你父亲说今年过年不贴春联了。"我没反应过来。母亲又说："他说你奶奶过世了，他没兴趣布置这些东西了。"

我那时才知，六十多岁的父亲，在想念他的妈妈。

后来我去流浪了，一直不曾去过她的墓地，在亲爱人的面前，我脆弱到没底线，直到去年心宝陪同我去到她的墓地，青草已有人般高了，我坐在那里，想抱住她，却只有风和一行行泪落在地上。

但这些年，无论我走到哪里，她的身影总在。

泡海螺沟温泉，我与一帮驴友正聊得欢喜，躺在室外温泉里，望着高原天空的星星，突然就似见到了她。我沉到水底去流泪，呼唤她。

在拉萨哲蚌寺一个大殿里，看到一位先生推着一位老奶奶，那银色的发，那慈祥的笑容，我也似见到了她，痴了般跟着他们走，帮助那位先生推轮椅。后来他们离开了，我坐在那哭了许久。任何举步维艰时，我都会内心里一遍遍叫着她，好似她立即就会来到我身前。

我把那款珍稀的原始野生红茶定名为"武陵祖母红"，就是对她的纪念和传承，且为它写了一首小诗：

落日是枚苍茫的词

是祖母遥远的笑容

是掌心忧伤的温暖

谁在为它点燃炊烟

挽起尘间那些归不得的往日

煮成夕水暮红

那是祖母在时的故乡

我到底是想明白了她那天含笑看我走出房间的深意，她是相信我能行，这一场祖孙缘分就此止。她被世人看成菩萨，那么，她是来度我的，度我们的。

所以，我在去年那首诗里写道：

疼痛很清醒

梅，我的奶奶

我已无他法

唯把自己修正成你

才能立在寒香月枝上

遇见你曾给过我的春天

奶奶，那座春天，我必是要遇见的。

2016年3月6日凌晨0：32于安乡

第二折

恰好在春天

黄昏的童话

长沙的夏季热得最没意思，望着枝上的风，就是落不到自个身上。前些天的一个黄昏，我对望着窗外的我说了句："出去走走吧。"

来长沙四个多月了，竟没有认真看过一次黄昏，真是很忙么？这四个月来，我也不知月亮到过这里的夜空没。一天中，这两个时辰最乱旅人方寸。

我的孩子不在的地方，哪里都是异乡。

这是一条正在修缮的街道，所以，没有来往的车，人也稀少，道边有树，枝叶也繁茂，很安静，有点郊外的感觉。

一条曳地长裙，低头徐行，偶尔抬头时，竟也来一阵风，一头青丝随之飘了开去。

没有看到夕阳，但有几片浮云染了一层淡暗的红，在灰蓝的天幕里荡来悠去。像极离人的心，泡在幽青的湖面。

以前常牵着宝宝，在家乡大堤上踩踩落日。余晖里，看到最多的是执手相扶的身影，或青年男女喁喁私语，或白发苍苍者并排徐行，一脸世事已在身后的安静恬然。

这自然是夕阳里最美的风景，我一边望很久，浅浅笑，溢满的祝福。那时那刻，岁月如许静好！

顺着路直着走，弯着走，早已不知行到何处了，空落落的目于四周或动或静，大多时，呆滞着，几近梦游。

忽有音乐飘至，虽是音质不太好，但还是听出是那首《缘分五月》。我似转魂般回过神来，我喜欢这旋律，更喜欢这歌词，应该也会唱，好像只唱过一次，很久很久了。

肯定是要找到音乐响起的地方的。

望去，前面五步开外处，行着一对男女，音乐来自他们中间。

然而这一望，心抖了。

男人与女人都是侏儒。不，他们一定是童话白雪公主里那善良美好的小矮人。

我上前几步，走在后面，看着这两个小小的人影。女的一条腿跛着，穿着一条粗制滥造的白底碎花连衣裙，头上别了一个红色的发夹，艳得特别亮丽，像哪处角落随意长着的一朵野蔷薇，卑微却浓烈地张着自己的花瓣。她一高一低走得很是欢快。

男人着件很旧的土蓝色衬衣，一看就是地摊货。然而这有什么要紧？他的左手紧牵着女人，右手拿着一个旧手机，音质很差的音乐就是从这里传出的。

“这首我最喜欢听。”女人的声音娇甜。

“那我再给你放一遍吧。”男人说完，低头弄起了手机，一会，《缘分五月》又响了起来。

他们向前走着，男人侧头与她说话时，我看到他呵护备至的怜爱。当时，我的眼前浮现出童话里的豌豆公主，还有那个英俊的王子，心异常激动起来。

她是他的公主，他是她的王子。

黄昏渐至朦胧，我失魂地跟着这两个小人儿走着，而他们竟也未发现后面有个我。他们漫步在他们的世界里，手一直未曾松开，音乐一直随着他们。

那一对小小的人儿啊，那一种亲，那一种爱，别于我看到的所有恩爱，那是一种在童话里才能体会到的纯粹。

一个十字路口，我停住了，还是怕找不到回去的路，毕竟天要黑了下来，形单影只的我不适合走在危机四伏的夜里。

看着他们渐渐走远，转过身时，想流泪。

回走的路上，我忽然敢很久地望天了，心里生满了安然，生满了希望。旅愁点点竟也温馨起来，思念如花，开在暮色上空。

前后无人，我打开双臂，旋转起来，裙裾飘摆，如田田荷风，青丝漫舞，飘去吧，那是我三千忧烦，去吧，循那云迹而去。

笑着，旋着，将暮的黄昏，无限柔美起来。

2009年8月13日于长沙

春草明年绿

暮色又近身了。清冷的风，似一管清笛漾在泛着旧色的湖面。

这两天，身体莫名地难受，软而怠倦，斜倚床头，越过这二十三楼的窗外，目随心念，徐徐步入了一天浅暮。

多时，我总是要点开那一张张相片，仔细地看，或笑一会，或黯然片刻。与春草儿他们相聚才过几天，忆及时，竟杳渺如隔世之风。

我总是在一些欢喜面前患得患失着，许是经历让我体会到世事无常，柔弱的情感，常在不经意间，滑向无助的虚空，想折转时，那太息之风里，唯余一双带点惊恐茫然的眸，四面轻唤着谁。

我靠在床头，专注看起远天的云。

想着先前春草在我博里相册的留评，总是想浅浅甜甜地笑一笑。那张是我的琴房，椅背上挂了件我在深夜徘徊时常披的羊绒披风，所以，她说："真喜欢，这里能闻到姐姐的体香。"

我看了，低低笑起来。 她说借着琴韵悠悠，想着姐姐曼妙姿容，自然就闻到体香了。

我这样看着云，忆着离去不太远的相聚，想着她调皮的言语，笑一会，又静一会。

四月的晚风适合想念，别于秋日暮空，被雁鸣得孤凉断肠。

此刻的思念，带着草色青青，安逸，却也清凉。中山公园那一树高高的杨柳离我很远了，但我能看到它们此时正静饮古都雾霭。高空中垂下的万千条绿丝，那天是谁说它们像着上鹅黄春装，迎面走来的衣袂飘飘的仙子，而后问我怎么看？我说在我眼里，它们是悬在风中的万千缕思念，依依迢递。

在那样欢聚时刻，我就已预知思念将在这里生长，一路浮云落日，一路关山迢迢。

我这样想着，云在窗外似已静止，忽有短信声惊醒我的结结垂思，看过去，竟恰好是春草，灵犀多么奇妙呵！便与她短信来回起来。

“姐姐，在忙什么？”

“我在看云。”我诚实地回过去。

“姐姐病好了吗？”她知道我这两天不太舒服。

“好了。”我笑意浸润开来。

“姐姐，我想象你弹琴的样子，真好，好喜欢你的家。”

“有机会姐姐为你抚一曲，就选在这落日时分，好吗？姐姐想你了。”

我是想她了，一直在想着，那双眼睛呵，已附着在我心底最柔软一域。那是尘世仅存的瑰宝，是远古遗下的一滴清露。我想象她意识涣散的那些日子，是不是上天把她重新安排走了一回前生，替她过滤了这人间尘埃，才有如这般澄澈稚气的眸子呵？！

她在那头的晚风里，又递来几句：“姐姐，你好美，那张和你两个宝贝的相片，看得我好感动。”

我读出她的无助与孤弱，我静了片刻：“妹妹，你也是我的宝贝，知道吗？”

是的，春草儿，她是我的宝贝，虽只小我几岁，但她于我，如同我对我的大宝小宝。我无法理解这样一位灵透的妹妹，怎会是个精神病人？那天迎来她的一双目时，看到她眼里装满着稚童般的纯真，像极我的两个宝贝女儿。

都无声了，天涯两端，彼此品着念想了吧。我在想她的时候，感觉到她干净的眼里也盛满了思念。

春草儿，难怪他们把你形容成一株娇兰，独自一隅，开着自己幽秘的心花。难怪论语学长不叫你师姐了，叫你春草儿，他的心疼，不在眉间，在他心底，我看到他眼里无尽的怜惜。我们都想抱着你呵，想捧着你，就像捧起一个婴孩的第一声啼哭，捧起她在尘世的第一注目光。

想着，念着，云归杳然，夜浮起来，念沉了下去。满城灯火，泊着无端的孤寞。

而我，总习惯了在黑夜里顺着风声追溯，中山公园高空中那万千枝柳条，此刻竟悬在我的窗楣，正轻轻摆动。

2010年4月17日于长沙

翦翦三月天

孤心逐浮云之炫烨的卷舒
惯看青空的眼喜侵阈的青芜
你问我的欢乐何在?
——窗头明月枕边书

侵晨看岚踯躅于山巅
入夜听风琐语于花间
你问我的灵魂安息于何处?
——你看那袅绕地袅绕地升上去的炊烟

渴饮露，饥餐英
鹿守我的梦，鸟祝我的醒
你问我可有人间世的挂虑?
——听那消沉下去的百代之过客的跫音

戴望舒《古意答客问》

三月的天应是希望萌动的时刻，踏青的愿望已雀跃于心，虽还很需些时日，然，料峭之风，翦翦于夜的心。幻想中，总有位素衣低眉的女子倚在床头，着了些与思念有关的风寒，这样子的三月啊，总会有些惆怅，有些怅惘的。

俗事置于一边后，正儿八经地想病两天了。其实我知，我爱这个时刻。

落地的窗，靠窗那台古筝，藤制的吊椅，余韵还在吊椅上荡悠。三月的太阳像一阙宋词，我静静流动于其间。微恙中的人，那目光多了层与哀婉无关的看空，闲散。只是喘气时，身子便完全放松于吊椅内，那孤心便自然捕捉到了窗外天空浮云几片。

就那么静静地想起了望舒的这首《古意答客问》，对着那个幻想中的女子我默念起来。

我的欢乐何在?

风被隔在了玻璃窗外，轻寒此时在想象里漂浮，前尘往事，疼的酸的、甜的苦的合在一起，如丝如弦，嵌在了光阴背面。

三月的树端正准备酝酿起萌芽的吉日，它哪还记得起一场冬雪的摧残!

光阴在三月的阳光里吻起我苍白的容，日子太安静，这一刻，如果允许，我可以懒得连呼吸都想交由别人来替代。手握一本书，旁边一杯茶，望舒前辈啊，没有明月，我此时亦觉很快乐!

我的灵魂安息于何处?

人的一生来世上走一遭，受磨时觉得好长好长，而在这三月的阳台上，仔细想来却是太匆匆。

那么多的哭声还响在耳畔，我小花园里被冰雪压塌了的太阳棚还瘫在墙边，可怜我的那些植物在主人走失的日子里失去了照看，一个个含恨归去。

可是，三月的阳光依然正点踩着轻巧的脚步，不卑不亢走了过来。那些废墟上，竟然冒出了一粒粒陌生的小绿芽。我的心动得有些羞涩，无力的指，想去轻抚它的颜。

这个时候，追忆真的失去了意义，就如这巨大的落地窗外的寒意被隔在了外面，看得见，想得出，手却怎么也触摸不到了。指尖，只有那暖暖的阳光歇在上面。

我是在正午的阳光里想到了黄昏，三月的黄昏应该还残留着冬的一些萧索，灵魂安息于何处？炊烟在很远很远的村庄里可能会袅绕地上升，而我此刻，无论如何只看得见我花园里废墟上的新芽，我想把灵魂依然寄存其间。春来了绿，秋至了黄，多好！

你问我可有人世间的挂虑？

吊椅依然微微地荡悠，我的思绪有些疲倦了，有点儿思念对一个身染小恙的女人来说，此刻是不是会更合着了这三月的模样？

其实晨间，我真的是在窗外鸟鸣声中醒来，片片残梦总是成为我赖在床上不起的理由。知道回味无任何实质性的意义，可是，在这个三月的早晨，你能做到思绪不飞至很远的天际？雁该北上了。

现在我真的极少让回忆痛苦到我了，我又哪里不知，再苦再疼，再甜再酸，再苦再累，光阴走过后，它们终将也会随那百代之过客的跫音渐至消沉。

我又挂虑什么？又有什么好挂虑？

光阴在一寸寸移动，不觉斜阳时分了。懒懒起身，重新换了一杯热开水，铁观音的香味最适合在这样的夕晖里啜饮，最适合微恙中的女人眯着眼，指尖上拈几缕斜阳，拨动了弦。不为谁，真的只为这美丽的三月的黄昏。

我此刻还能想什么？三月的阳光，温暖的料峭的寒意，一杯茶，一本书，一张琴，靠墙边的废墟上，冒出的那一点点绿芽。

2008年3月1日于安乡

临春的一点回忆

冬走的时候，是不是健步无从知，但感觉，季节的留恋，好像痕迹并不太深。一个人的情感藏露，与季节是有些关联的。总是认为，春天的温暖，是少不了冬做陪衬的。

也不知在哪个晨醒时分，很自然就闻得一丝春的味道，那些阳光，懒懒斜在窗台，与枕边的我，做一种久违的无声交流。

常思起，真正懂得欢喜春的人，应该也钟爱雪舞时分。红泥小暖炉上的新醅酒，似有丝丝温热还在傍晚雪景里向着旅人的目：能饮一杯无?

有些温暖，需在最寒冷时去体会，才深刻。所谓雪中送炭一说吧。

在我的逝冬里有一些很淡很随意的片断，却关乎感动。留取的一种温暖，未曾与人说起，一个人待着或走着的某些时候，常会想起。不仅是感念，是为反复贪享那些片断也未可知。

喜欢冬的颜色，却怕极冷，与矫情无关，实属身体原因。离家不远处那家托马琳汗蒸馆，前年有段时间的夜晚，曾是我避寒的去处。

那个老板娘，四十多岁，很光滑的皮肤，说话极利索，热情得有些夸张，每每望着我来，笑成一朵菊花。她的男人坐在一边，总在她招呼不停的时候，默默替客人们拿鞋换鞋，递排号牌，很少说话，一脸温和的笑。

从汗蒸馆出来时，一般已是晚上十点左右了。

她的男人，每次都是随我一起出来，说：街灯太弱，这里行人太少，我送送你。

我开始不习惯，坚持不让，他就不再说一句话，只是默默跟着，他的妻子笑呵呵地在身后大声道："实在是不放心。你们小区的人若是一个人来，他都要送的。"

因为是临江路，这样的冬夜，这个时分，哪里还看得到行人？向来胆小怕黑的我，心里其实发怵得厉害，肯定也愿意有个人相伴送一程。

一路上，为了打破尴尬，我只好连连说："麻烦了，真的麻烦了。"他说句没什么，就不再言语。

入得大路时，已看得见三百米开外的小区大门的霓虹灯和两个保安了，我让他停下，叫他回去，因为天太冷，再说看到保安，怕意也渐减了。

他只好停下，我自行走去。到了进门处，无意回望一眼，昏弱的街灯下，他原来一直没离开，一直立在那里望着。

冷风吹在他面上，一定很刺疼。

那一刻，我竟然鼻子有发酸的感觉，对他挥了挥手，才见他转身离去。

后来的一些夜晚，这似乎已是约定俗成。总在对他挥手后，我们各自转身。而每次转身后，我都会感动良久，冬夜竟是那样温暖。

难怪，冰心的那盏小橘灯，一直亮在我最柔软的心底。

现在忆起，他长什么样，是一点印象也没了，但每次夜里经过那条路上时，我大多会想起那处地方，有一个身影曾为我伫立良久，独饮寒风，只为给一个深夜独行的女人送去一点安全感。

他一定不曾想到，临春之时，这个女人徜徉满屋阳光，正忆起有他的那些个冬夜的片断。

可能那些回忆，与这春日的阳光，有着温暖的相似吧。

2009年2月15日于安乡

手心里的温柔

前几天，从成都的小窝出发时，我在藏族著名作家阿来的《看见》与祝勇的《稻城》间想了一会，还是把《稻城》装进了包里。没想在候机时，犯老毛病，看了半天免费书后，到底买了一本白落梅的《因为慈悲，所以懂得》。

返程，坐的是软卧，非常方便看书。

我看过许多人在写张爱玲，而白落梅的这种写法，让我可以接受，她没有忘记张爱玲在生活情感里还是女人这一属性，而非其他。但不管怎样接受，我也只用了几个小时便看完了全部，接着反复又看了一遍，几乎通背其间许多经典语句。但我的心，读它时，如在深秋的月夜里跌落在一口古井中，感觉已快溺毙，慌忙丢至一边，抱着祝勇的《稻城》看几章，救命似的深呼吸了几下。

恰好看至他在写藏族的主体颜色——火一般的红，他说火是黑暗的动词，犹如是黑暗身体的亮丝，而黑暗是火的钥句。

又浮起张爱玲旗袍裹身，大红大绿的身影歇息在民国古井般幽凉的庭院，忽然起了瘆人的悲壮凛冽感，没法，只好放下书，看着对面铺上一对夫妇，还有他们不到两岁的女儿。

我起初以为这五十多的男人是这宝宝的爷爷或外公，以为旁边那女人是他的女儿，没想到他怀里的小乖乖叫这男人“爸爸”。这个爸爸很少说话，但抱着小娇娇时，那种昵爱让我一下漫无边际地柔软起来。

更想不到的是，这漂亮灵透的小宝贝竟然不知原因地喜欢上我，非要我抱，叫我阿姨，弄得我受宠若惊。

女人随着她的宝宝叫那男人“爸爸”，我听着很欢喜。不想揣测其间许多，但一幅温馨和谐的画面呈现在眼前，善良的人，懂得的人，望着，只有发自内心的微笑。

因我的老花镜丢了，鼓足勇气后，我向这位年老的却绝对让人产生好感的“爸爸”求借，他正好有一副老花镜。

他们及他们的宝宝都没有过多打扰我，两夜一天，我几乎在书中度过。晚上去餐车时，我的包挂在胸前，手抱一本书，一个人叫了几盘菜，边餐边阅。

完时，邻桌一对男人在叫：“喂，过来一起喝几杯？”应该是在他们叫了我好几次后我才反应过来，抬眼望过去，笑得不邪乎。但这些场景，于我来说是见得太多的把戏。我因没有在祝勇对稻城亚丁诗性的抒情中回过神来，只木木地朝旁边这两个痴男望了一眼，半点表情都没有的抱着书径直离开。

隔壁10号车厢的一位青海喇嘛和他的上师及他们的重庆弟子一直渴盼着我能与他们坐一会，返回时，我被请进10号车厢。

交谈中，得知他们是西藏濒临灭绝的红教“觉襄”派，很惊喜。那位上师，是青海某著名寺院的首座，谦逊厚重的首座几次说起若我去青海，他要带我走几个地方。但，那刻让我目转心随的，是他旁边的那位小喇嘛。

小喇嘛不懂汉语。清澈的眸，无邪的眼神，一口洁白的牙齿有着雪的质地。我与上师在交流藏传佛教起源与发展中的一些观点时，小喇嘛不时望着我笑。他的笑不普通，单纯干净得如那日我在康定雪山顶上望见的一朵溜溜的云，如佛的心。

上师说他八岁时便出家了，小喇嘛今年已有二十五岁。

在他们旁边的除了重庆一位女弟子，便是阿坝州的华校长。这位已退休的中学校长一直在转念着手中长长的佛珠，上师对我说：你看看他的左手无名指。

我看过去。他左手无名指短了一节。华校长是凡尘人打扮，于是，我便有胆子造次，问及原因。他与其他几位交流了一会目光，便勇敢地回答我了："燃指奉佛。"

我在书里见过，却没想就这样轻易看到了实情实状。我掩饰着自己的惊心动魄，很平静地望向他，目光递过去深深的理解与共感，还有敬佩。

对于自己热爱的，任何表达方式，都不是不沉浸此爱的人所能理解与体会的。

他是二十多年前完成此举，他说因三宝加持，一节手指烧尽，一点都不疼，我是信的。心中有一份信仰，一份执着的追求，疼痛也是一种幸福。

如果你曾爱过，当会领悟此间。

我回到我的11号，小娇娇与她父母都睡了。想着隔壁师父喇嘛刚刚说他们青海此时正在下雪，想着小喇嘛明净无邪的笑与洁白如雪的牙，我一夜都在清明节抵达的贡嘎雪山前辗转反侧。

你立在雪山面前，会知道它可以让你圣洁起来，会洗去你所有的怯弱与污秽，会助你树起日常不曾有过的最深的信念和热爱。

清明节新都桥一行，孤身一人的我想逃避一些空处的忧伤，随一群陌生人来到曾有人与我有约的雪山腹地。

凯队与他的女友坐在前面，我一个人坐在后排。懂点摄影的凯停车为我拍了一些照片后，迅即，车驶过一片雪山映照下的牧场，无数的牦牛悠闲地餐草其间，侧边远处，有炊烟正点燃藏区枯色肃冷的早晨。

怎就这样巧，凯的车里，正好是刀郎的《手心里的温柔》。

蒙着面巾、戴着墨镜的我，望着牧场那缕辽远的炊烟，炊烟后面，那苍茫峻伟的雪山。是几时、何人，在我耳畔曾深情唱起它？

此时此地，唱歌的人呢？！

雪山顶，我让凯与他的女友站在了一起，我躲在面巾墨镜里，若无其事地替他们拍着一张张亲密的合影。

不远处的雪山，摆出了它千万年的内涵。

孤傲的张爱玲曾低颜远足，来温州探望那个她深爱的逃亡汉奸——滥情不齿的胡兰成，对他说："我从诸暨丽水来，路上想着这里是你走过的。我在船上望得见温州城了，想你就在那里，这温州城就像含着宝珠在放光。"

情真至此，爱过的人，谁人不心疼？

一直用沉默相待胡兰成负情滥义的高傲的她平生第一次在离开的码头责问了一句："你给我许的岁月静好，现世安稳呢？"

那一刻，我靠着车窗，一脸泪。

那一日，那牧场，那雪山，是披着比宝珠高远慈爱的太阳在放光，4300多米的雪山顶上，旷远如地老天荒，凯与他的女友，那样幸福地抱在了一起。为他们拍照的我，竟然比他们还幸福。

这种幸福，就如对面的妻子叫爱人为“爸爸”和年老的爸爸抱着女儿叫“宝宝”，也如隔壁的小喇嘛望着我一脸明净无邪的笑容，和华校长谈他燃指奉佛时的虔诚与欣慰。

而上师如天，一切都在他静静的笑意里。

凡俗如我，摊开手掌，漫天的夜里，都是刀郎的那曲《手心里的温柔》。

2012年4月25日于临屏

那些不知处

一

既然是劳动节，就做点劳动吧。

六点多起床，洗被单，拖地，抹家具，给花草换水，擦古筝很费了一点时间，认认真真忙了近两个小时，环顾一眼干净明丽的小窝，弹了一首日本民曲《四季》，然后去办公室。

经过院墙边的那两蓬细白的花朵时，照例停在它们面前，吻它们一下，彼此笑望一会，问声早安。我见到这些草儿朵儿迅即就会柔软起来，能清晰听到它们纤细的呼吸，它们清淡的花语。

是祝勇还是阿来引用哪位植物学家说的，他说植物对运动的渴望其实远胜过动物，就是说，它们有着炙热的生命，有着善感的心目，它们懂这个人间，懂你和我。

这三天假，我一个人关在办公室逼自己一定要完成公司新产品的上市方案，作为一名策划者又是执行者的我来说，压力相当大。我感觉室外无边的春色与我半点不相干，我有些气馁于自己左冲右突的人生里了。

在完成几个章节后，把眼投向窗外，盛大的绿色抵在窗边，那是一种昂扬的跳动的寂寞，我心目随之。

电脑音箱里，正放着《大悲咒》。

突然一片叶上飞来一只麻雀，心旋即起了一种平静的惊喜，隔着玻璃，与它静静对视。

它看到了我什么呢？是不是在可怜我：怎一个人被关在里面？

而我那时望着它就只是在欢喜，欢喜它的看望，想它能多停一会，我需要它的目光，需要它以一种生命姿态诠释这蓬勃的绿意。它歇在枝上滴溜着目，便是我那刻眼里全部的春天，生动的希望。

我与它这般的眼神交流，是不是也如许多人说的那句“前世千百次的回眸，才换来今生这一遇”？

来不及再细细反问自己，它划下一道清亮的弧线后消失在我春天的视野里。

不一会，天下起雨来。

苍翠在雨中尤显一种孤单的明艳，它如何承载得起上天蓄积时日的忧伤！看着一颗颗的雨珠儿从叶上滚落下来，得，反正闲着也是闲着，不如陪天落会泪吧。

于是，窗里窗外，安静的雨。

想：明天，润过雨的这一树一树的绿应该会更见深些了吧。

二

定下的计划是必须要完成的。下午五点多钟，初稿终于脱笔。

想起了前些天在11号软卧车厢遇见的秋让加莫措上师与诺珠小喇嘛，那天就说了要在他们回青海前相请一聚的，并且，很惊喜地得知，上师在成都的住处竟与我的住处同在一条街上。

拨了一个电话，他们还在成都。

我到他们住处附近时，远远就见谦和的上师早在院门口等着了，诺珠开着车在一边望着我笑，还是那样净亮净亮的笑容。后排座上，有一个十一二岁的小男孩，很漂亮的小男孩。

这是一套两居室，是上师的弟子租下的。进门后，小男孩进了房间没有再出来。

诺珠在搬茶具，上师用很低的声音告诉我，这孩子是他妹妹的儿子，叫旦增嘉。生下几个月时，父母就病亡了，一直是上师的哥嫂抚育长大，孩子到现在是不知自己真正身世的。

现在这孩子在成都上学，亲友及一些居士们照看着，上师与诺珠只要来成都，就由他们照管。

在藏族，出家的喇嘛是经常与家人见面的，他们的供养都是由家人负责，他们把自己家最出色的孩子送进寺院做喇嘛是他们无上的荣誉。那种虔诚源自骨血，融在平常生活。远非汉地一些信众，把佛与人隔成天上地下。

诺珠端来烧沸的茶壶，直接往我面前的小茶盅里倒，见茶叶在茶壶里，我吃了一惊，他红着脸笑，上师解释，他们不会泡汉人的茶。我当时很惭愧，在上师眼里，我是文化人，是他的上宾，他搬出上好茶具与一盒极品红茶来招待我。于是，我对诺珠说：“来，诺珠，我告诉你怎样泡茶。”

我从头到尾演示了一遍，聪明的他一下便会了。

红茶的香味正如我师父妙法大师说的一样，有一种高贵的平和感，而我更喜欢它味道中那种浓而不稠的慵懒味，无论多么紧要的人间事，它的香味都会让你一下放松，如躺在春日的阳光下看着一本书。

小巧玉润的茶盅在上师手上有些不习惯，诺珠腼腆地小啜一口，又一口。

我是后来在饭店时才发现，上师其实一直只喝白开水，他为了尽接待之礼，用一种藏族人深厚的纯朴与真诚，陪我品茶。

他的质朴，上次在火车上我就已感知。那天我抱着《稻城》坐在他对面，正好翻到中间一页糌粑袋的插图，他见了当时很激动，从我手里拿过书，用不太流利的汉语对我说：“就是它，小时候放牛放羊，阿妈就把吃的放进这个袋子里。见到它，我就很想念我的阿妈。”

上师激动得满脸红光。

他可能不知道，他当时那一句“我很想念阿妈”差点让我落泪。一个十六岁出家，到现在近六十的人，还像孩子般的说着“我很想念阿妈”。

醇郁的茶香里，望着他们俩，漫长的时光改变过许多人的心性，却为何不能改变他们的赤子之心？他们怀揣着信仰，让目光一尘不染，善诚得让人心里隐隐生疼。

他天堂的阿妈一定听到了。他牛羊成群、鲜花满坡的故乡，有着他烂漫的童年。

我喝茶，他一再“谢谢，谢谢”，我上楼下楼，他总是连声“辛苦了，辛苦了”，问他平日里在成都的生活，他说除了上佛，便是写书，但他总是说“惭愧，真的是惭愧，还没一点成就”。

听上师说起他出家的经过，如看一部生动的电影。

十四岁时的他作为藏族的孩子，必须接受屠宰训练了，他望着全身发抖的羊，看见眼泪从它们眼眶里流下来，他哭起来，不肯下手。那天晚上，他骑上马向很远的一个山洞逃去，他知道那个山洞里有一个修行的大师。“文化大革命”时没有了寺院，向佛的人就躲在山洞里精修。上师到了后，让马原路返家了。

第二天，他父母赶来，恭敬地求见大师，大师对他们说：“不要让这孩子杀生了，两年后，他会出家的，他原本是佛家的人。”

上师的父母哭起来，向大师保证不会再逼他杀生了。他又随父母返回了家中，两年后，有了寺院，他真的出家了。二十岁时，他在山洞闭关了三年。

我是相信缘分的。诚如大师那年在山洞说的：这孩子原本是佛家的人。

今日与上师能坐一室品茶谈禅，也是我的福缘。他说，那日在火车上，见到我便有一种熟悉感，我想，这种熟悉就是缘至了吧。我有时回望自己，难不成真有一天会走进山门？我却屡次挣脱慧师们的点醒指引，执意留在红尘苦熬。为谁？

上师请我看了他家几个非常有特色的石头，他说都是山上捡来的。我惊喜万分，没想他竟与我一样是喜欢石头的人，当即对他说下次来看望时，我敬上师一枚水晶钻。

我抱着那些石头爱不释手，上师说要送我一个，但我克制了，没接受，依然放回了原处。放在上师处，我想石头更愿意近着佛，它也在修它万古沉默的灵性。

我只是从上师的书架上拿走了几本佛学方面的书，接受了上师送给我的一尊镶满五彩石的“八吉相”。

还记住了他说的话：“我写佛书，只是想我离开后，能留下一点东西方便今后需要开示的魂灵。那都是我的心体一路走过的经历与思悟。”

天已很晚了，我坚持请他们来到藏民街一家藏族风情的素食饭店用餐，小旦增嘉坐在我对面，他叫我阿姨，告诉我他喜欢看科幻书。我说下次去要送他一些，他开心地说“谢谢阿姨”。

上师说我菜点多了，他只吃了几个素包子，喝了一杯白开水。而诺珠与我分吃了一个白饼，几盘素菜还真没吃完。上师一再询求诺珠与旦增嘉是否可以再吃点，不要浪费。

我只好告诉上师，没吃完的我打包回去。

我们继续喝茶继续聊，上师又再次邀请我六七月份时去青海走走，他会陪我走几个很有意义的地方。想到目前公司事务繁多，职责之重，估计那个时候很难成行。

他见我问起饭店壁上挂的是否是唐卡，上师说市面上的唐卡几乎很难有真的了。他说去青海他的寺院时，送我一幅真正的唐卡。

我肯定是要去的，只是时间无法定。他们的车把我送到住处后，我站在街边，目送他们返回，上师在招手，诺珠用他明亮的眼睛望着我笑，小旦增嘉也在招手。

夜风微湿，含着清凉的暖意。

抽空写下与他们相聚的点滴，只是感觉有一种与这个季节相通的暖意，有一些心，在我们知也不知处，净化着人间，温暖着苍生。

如果可以，在上师谦和的笑容里，在诺珠明净的目光里，我也想把自已一点单薄的暖意相递相传。

哪怕只是立在院墙那两簇洁白的花朵前，我欢喜地笑。

哪怕只是对着那只隔窗的麻雀，那雨中的翠叶，我相陪的温热的泪。

2012年5月1日于临屏

细数三月的日子（四则）

一

走在三月的阳光里，细数着日子，惊觉，那被人们抒发了一个冬的雪确已卷闭在季节的轴心。那些混杂的目，鱼样的、花样的、艳笑着的、抽泣着的，如今一股脑，全聚在梨枝的花苞上，压得它们胆战心惊："妈妈，我害怕！"

妈妈来不及垂泪，便看见不同颜色的笔伸向了它孩子未绽开的面上。

雪可以融化，升天，而它们着一样的素白，点缀完诗人各样心情后，就只能凋落，入泥。

二

我数着三月的日子，很认真，是因为我的宝宝三月结束后，就长了一岁。我每天看着太阳升起，然后落下，就像看着她清澈的眼珠早晨打开，晚上被浓密的睫毛轻轻盖上。

我这样的不舍你片刻，宝宝，是因为我就要离开你去很远的地方。

我一直记得一个冬天，你爸爸从我身边带走洗完澡的你时，你回眸泪落，那一声凄惨的“妈妈”。你乞望着爸爸：“我想妈妈。爸爸，我们三个人一起回家吧。”

我的孩子，我们要原谅这世上有些人习惯追逐春天的彩蝶，变幻着不同的颜色。只是，那些随意打着的方向盘，有时能碾碎春天的百花。

于是，我天天疼着你的眼泪，带在身边，在他乡的静夜里从心底掏出，一遍遍叫着：我的儿！我的宝宝！

我便等在这个三月尾上，一定要亲自吸尽你这一生的泪花。妈妈会替你慢慢流干，然后交代好春风，请它常驻在你脸上。

我的宝宝，等你睡下后，我就会离去，甚至不敢吻你，怕泪打湿我娇儿的脸庞。

三

三月的阳光渐暖了，爷爷一定坐在院外晒起了太阳，面前是他永远的棋桌，一定还是喜欢悔几步。二爷是他邻居，特意为爷爷选中了那块地址安家，就是好让他们兄弟有个伴，下他们永远也下不完的棋。

我这样细数着三月的日子，知道连着它的就是清明。

那张笑容一直慈祥在梦里，青草萋萋时，我想起了那个坟头。

我用您的衣角一直包着留给我的那块老“瑞士”，机针早已停止摆动，恰好停在您离去的时刻。这一直是个谜，每年拿出来总是留许多感叹后再放置起来。

他们都感谢您抚养了一大群儿孙，那样艰难的岁月，尽力让他们受了最好的教育。而我的感谢最自私，我感谢您的偏心，把最深的溺宠给了我。

爷爷，我是您的长孙女，是您掌心里的宝。不知今天的阳光里，您会不会眯会儿眼，想一想久未相见的我？我的眼睛在潮湿，三月的凉意还很重，爷爷不许哭。

四

溪沟的水开始了鸣唱，雁在准备行囊，风歇在花骨朵上，在商量佳期。

我坐在那棵梨树边，看着三月的日子在指尖上一天天跃过。

2008年3月8日于安乡

红尘有依

一　识得樱花雨

一晃春已深来，短发又快及腰了，光阴好似无法走过它。

上周，与一夫人从深圳绕道武汉，再回安徽，为的是去武大樱花大道上走一走。雨下得极密，人比雨还密，而落樱点点，比人更密。

只一会，就与痴爱花的她走散了，也好，各自安排心情去。

花自是可人心的娇娇，这般的冷雨凉风，却尽见张张欢颜，闹语笑声不休。

阴霾雨雾中，一树树粉嫩细白的朵儿不管不顾，蓬勃着。瘦骨清影，支出天与地。慢慢地，我喜不出来了，慢慢地，我让人声笑影远去，只剩我一人在那道上，那丛中彳亍来去，得遇隔世故人般。

枝上华彩焯焯，枝下已是落魂阵阵。如织游众，几人能看透这片刻间的生死轮回，繁华过眼成烟？——自是要谴责自己的，这般热闹境地，怎生低眼要去收尽点点芳魂？蹲下去，手在雨中泥草里摸索着散星般的它们，已是无法托起了。

冲锋衣终是没敌过这场大雨，湿了大半个身子和发。一缕湿发贴在脸上，我继续行去。

还是长久望向空中，寂凉犹深。

漫天雨雾中支起的，分明是一挂挂热闹的寂寞，一朵朵柔弱的坚强，一双双离人目，一行行盼一道道望。若是一枚善良心，为此，又怎会不凭起无涯之悲悯？

是一场什么样的约定，能让她们以生命为代价，纵使过眼成烟，风雨中还是执意如此隆重盛开？从下脚印千万，不知有她盼望的那一双没？

慢似回过神来，我这样千里万里赶来，莫非就是为来赶赴这场春天之约？苍天因此同感同怀而垂泪？迅即心疼倍至，万千怜惜拈起几片揣入怀中衣袋，也算与之相依今生了。

一处小园里，疏枝朵密，几对小恋人伞下或牵手，或相拥，私语款款，爱怜有加，他们踩着落樱走过去，另几对踩着落樱走过来。

雪般的樱花，立在空中，立在雨中，注视着人间这一对对的爱情。我在另一端的雨中，注视着雪般的樱花。

转过眼，见到急急来寻我的一夫人。这位高贵善良的女子，拥有过亿资产，却简单质朴，惜花爱草，性如素弦。她一怀挚爱和善美正在被人辜负，几次在我面前落泪的模样，像极今天雨中的樱花。我曾因无法为她挂起太阳，心疼且无奈，只有望着她，默默望她一会。

她却在今天的花丛中，在今天雨雾笼罩的花丛中，笑出了太阳味。是，为你盛开，为你守望，她没有辜负你，她日日夜夜把自个的爱情护理得清润生香，她在这清香里也垂泪，也美丽。悔而疼的一定会是远处那双迟迟不至或早已忘约，漠然踏过这坚贞守望和岁岁盛开的脚印。

共在她伞下，几乎已全身淋湿的我，陪她温暖起来。

回程的动车启动时，一缕阳光恍惚挂起在远处天边，又深深念起刚刚别过的那一枝枝一丛丛雨中华彩。漫天寒星般的朵，想象着它们在那刻阳光里又会生起怎样容光。

轻轻摸了摸衣袋里的几片落樱，慰然。已是支不起头，伏下去，感冒了。

是值得的，这场樱花雨。

二　红尘有依

快到清明了，去年清明是一个人去川西高原那个叫新都桥的藏地过的。

途中因司机没有停车，让我的相机错过拥有一张绝世惊叹之景，为此，我一路泪起，追念不忘。去年写过一篇短文，记下了经过。

这刻还清晰如昨。绝壁千尺的崖上，孤兀世外的站姿，无一片绿叶相陪，满树尽是绽放着的粉色花朵，如女子四月心事般稠密芳菲。周边无牵无碍，只有干净幽蓝的天，大朵大朵的白云和沧桑的块石。远处，贡嘎雪山在阳光里银光万丈，那树花在雪质光里，五彩斑斓着一个人盛大的寂寞和她的万古情深。

同行几辆车，即便是同车之人也有几个，飞过它时，无一人视之。飘过我的眼时，从此就留在了我的今生，应是与它的一段天缘。而这缘起，为它落泪，必是有因，因之如何，却是无法知了。

也不必去知了，把她安置在远方，已是念念今生。一年来，床前灯里，朝去夕至，不知思过忆过多少回。

即是安放在了远方，也就没再期望与她重逢红尘。脑中却因有过那瞬间划过的影，总想回到那片圣地走一走，若归去般。

前些天，偶然从我登山手机里翻出这幅图，当即呆了。熟悉的站姿，壮美的怒放，寂寞的华丽，遮不住的万古沧桑。她几时来到我身边，端立在我手机里？旋即泪涌，短信飞告，几至哽咽。

慢慢冷静下来，方知是这部户外手机的内存壁纸。我却宁愿相信，痴傻善纯，天有佑时。是时光念我之痴，把她送来陪我，与我红尘相依相惜，让我时时记得那座雪山之上，岁月很干净，阳光正灿烂。

多久因忙于工作，没有散字碎句出来了，极少上得博来，没想因了之前那些片文断句，让一些友人对菊深深相牵相念，更是没想到博友飞来寺君竟特为唤菊回来，为菊写下质朴无华、情深意切的诗作，读来让人感动落泪。此等至福，亦是时光念菊之痴，一并与那树花赏赐予了我，暖我红尘。

这刻端坐春夜轻寒里，信笔写下这些，很是温暖，手机在我电脑旁，那树花在手机里望着我。

光阴越过一年，恰好又在春天，只知一头短发变成了长发，思念助了它，它得以比光阴脚步快多了。支起身来，甩开去，让一头青丝长过夜去，抵我今晚远方雪山。

2013年3月26日于六安办公室

三月盛事

——谨以此文献给春天，献给春天般的千千

临江仙·送东篱种菊女

云起山情

七载凭窗几度望，盈盈千里湘江。相拥挽笑足春光。素衣真白雪，洁面胜梅妆。

惆怅动车连夜发，笛声芊草斜阳。归来坐上尽离觞。风中如念我，骑鹤到吾黄。

小缀：

阳春三月，菊女一袭白衣，自六安婉婉而来。是夜，拔舒手机，告舒曰，上网有年，唯菊舍得看吾一回。

菊女“扣扣”，归雁声声是也。聊以临江仙，又名雁后归，送之。

在千千这阕《临江仙》里，才知与她屏上相望已是七载了。

与她相距湖南湖北而已，原是用不着七载光阴来夸张距离的，但，你就是奈它不得。

去年十一月来到皖西小城一家企业任职，小城距千千所在麻城仅只一个半小时动车，知道此信息后，我几乎有空就在渐涨的激动中了。

在皖西去冬的几场白雪天里，与她曾在屏上很是无奈怅惘过几次，雪似高士，宜会清友，故而每遇雪天，总是格外思念至清之友，至爱之人。

这个春天的三月，两双纤弱的手终于伸过七载光阴。我特意着一袭白衣，恰如雪满我身。

夕阳时分，麻城站出口处，一袭红衣映入眼帘，似晚霞朝晖，镜片后一对春水般的眸。拥我入怀时，那漫长的七载光阴顷刻融化在落日中了。

我认真看着她，一下无法与屏上文字中的人儿重叠起来，她倒说我与她想象中的一模一样。

她比文字中的人儿更显朴实，更显真。一口麻城腔的普通话，一声“菊”，让我听来格外亲切，踏实。

这个在网上关爱了我七年的人儿，年龄比我小，却让我感觉有如长姐，因此一直深怀感念。

她爱着我的长句短行，见证了我文字中的七年悲喜光阴，她用我感应到的真诚挂念着我，希望我去她家住些日子，她说她要亲自下厨做好菜好饭为我调养身体。

她用她宽厚的心包容过我许多疏忽大意时。

到了她的家，那个园子里有梅树和兰草的家。

她说你那妹夫早已在准备晚饭了，她说今天不去馆子里，一定要我吃她做的一顿饭。这是她几年来的愿望。

在她心里，菊是洁癖之人，有如仙子，她从楼上拿来一双崭新的拖鞋放在我脚边。我坐在了她朴素整洁的客厅里，这是一个朴素整洁的女人的家。

厨房里，那位妹夫，她憨诚忠厚的爱人正忙着，出来与我十分腼腆招呼了一声，见此，我干脆老实坐在客厅，免得添他局促。

千千换了衣服，进厨房助阵去了。

望着茶几上盆盆钵钵热腾腾的饭菜，我用心吃起来。这是一顿用了七年时间准备的晚饭。七年，七座春秋，我一口一口慢慢咀嚼，慢慢咽。

饭毕，她带我步出她的家门，夜色中，慢走慢聊，来到一家新开的酒店住下了。

与她斜倚床头，两杯茶在我们身边飘着清香，清香阵阵里，且谈且忆，夜轻盈至无边。

给云舒去了个电话，想让她分享那刻，果不其然，她在陕西渭南惊喜阵阵，恨不能飞来共话春夜。我为介质，她们因此在文字里相识相知，这是两个爱我之深，也被我爱之信之的女子。

网海虚幻，以诚相守，沥过时日打捞，方得此真友，春秋没有负我，我亦未负春秋。

第二天上午，随她前往城边五脑山一游。一路上，阳光与笑容都绽放得欢。情景交互，山径蜿蜒，枝上抽出的新芽，满坡闲散的野花，道观里浓淡适中的香火，石阶上哼着黄梅小调的乞丐老人。这座阳光里安静素雅的小山，像面前娇小的千千，朴素谦卑，却处处见品秀德挺，内蕴灼彩。

那日山里的阳光与清风至今还绕在我身前身后。

举水岸边，垂柳依依，杯酒诗话到近暮，已到我返程时刻。她知我来时就已买好了回程的票。

送我来到偏远的新车站，恰好又至落日时分，与她并肩坐在广场空旷的夕色里。一些离情渐至深来，却都在笑谈其他。

广播在催，起身拥抱道别，拖着腿进站去。过安检回望，她一直在原地望我，招着她杨柳般的手。

我没再回头。已饱含泪水，她没看到。

车如离弦，如萧萧班马，尘烟阵阵；车窗外远山夕阳，若现古道隐隐。

我已泣之不止。驶回这七年光阴，一颗真心，一人在外奔来走去，希望绝望，苦忍苦撑，个中滋味，极少示外，偶尔安放长句短句里，细心如她总能捕捉其间闪烁泪光，用她之纯朴厚爱疼我护我。

寒中送暖，最是铭心。因此，念她想她时，总是与我这七年苦乐牵在一起。

世事无常，这一别，不知何日有聚。又一个七年后，随流云东西的我会在何方？会成何样？但可以肯定，心上盈满这些暖意点点，纵使枯萎西风，亦是枝头抱香。所以，我依然会倾我之真诚深情，去爱这万变尘世。

故，感谢这个春天，圆成这件三月盛事。阳光里，两颗心得以偿此七年夙愿。

2013年3月31日 于六安周日春阳里

走近“故都”的春

郁达夫风尘仆仆，千里迢迢，从杭州至青岛，再从青岛赴北平，就只为一睹故都的秋。他把南方之秋与北方之秋好有几个经典之比，我一直常在口中把玩不已：“南国之秋，比起北国之秋来，正像是黄酒之于白干，稀饭之于馍馍，鲈鱼之于大蟹，黄犬之于骆驼。”他竟愿把寿命的三分之二换了去，只想留得住这北国之秋。

可见，前辈对那故都之秋是如何的爱之不尽了。对于只爱秋的我来说，因了他这篇文，便常萌动起深秋时节，去往那京城滞留一番的向往。

只是，在某个春意蓬勃的晌午，看着花园一角，经去年那场罕见冰冻折磨后还残存的一株茶树，新叶催了旧叶纷纷飘落时，阳光好像也一片一片被分割，随了那叶飘去，有些秋的姿态。便突生一念，自江南一隅，想去看看“故都”的春又该之于南国何异?

在一般人眼里，春在江南可能是最不冤了它的去处，原是江南女子多温婉可人之故吧，尤以吴侬软语最是令人直甜心底，若是春风荡漾时节，偶遇一张花靥，一低眉，裙裾飘摆而去，杨柳岸边的春天便会扎在那人心底一辈子了。如此，这江南的春，细腻，婉约，撩人情思万千。

若是心闲意静时，孟公的“春眠不觉晓”也会让你领教够江南之春的迷醉神韵，春日迟迟之感在晨及午后最深。而我，往往这时候的梦亦最长，若可以，醒来后，常让自己于啼鸟声中重新闭眼，续那些无来由的美梦，尽管里面的人我竟是不识的。

难得这春日也会让爱秋的我在梦里拾得一些久违的甜美。

雨夜的江南，春让人怜惜，“夜来风雨声，花落知多少”，这不是伤春，是惜春之意。我也常想，那些花在春天落去，叶多在秋天枯黄，它们脱离载体时，是不是一样的离愁别绪？在我看来，它们有着春秋交替，超然物外的淡定。虽然，我总劝止不了自己弯腰，拾得几片，凝视良久。

从江南的春走到了北国的春，也是迢迢千里，望“故都”两字，怎就如望到了秋？可能是那颐和园的大门朱红斑驳，裸露出一块一块的空处，就如秋叶坠地后枝上的疤。但觉不到半点萧索之感，只感到很沉的某种东西在心里积存，而春意被拥挤的游人塞满了这座辉煌却深沉的园子。

大门前留得一影，把我这张典型的江南女子的笑容定格在此，背景便是“故都”拥挤的春，便是门上斑驳的繁华，流逝的沉重的光阴。

南北之春在这里相拥相惜。

进得里面，想是自己寻错了地方，怎像是回到了故里？昆明湖上的波光映出江南的影子，岸边垂柳吻及水面，湖上小游艇，虽远不及江南扁舟古韵古致，却因为多而蔚为壮观，一对对男女脚踏小艇，不时相望，情如波纹，圈圈漾去。

再想到园外高楼林立，车流如织，一路走来，真嗅不到多少江南之春的气息，先前直怜北国的春是这般的干涩，原来竟藏匿于此了。

拂开婆娑的柳枝，顺风转进那些偏宫正院，繁华权力曾在此显极一时，依然满庭的海棠朵朵，艳比桃，肤如李。微眯了眼，耳畔似有裙裾窸窣声，攀花折柳，穿堂而过，眉上堆积的，有多少春意未尽？有多少红晕渐逝？而今，春没有只停在至尊者的檐下，相比那些静止的游龙戏凤、玉阶高匾，下面一张张游人脸上的春要生动许多。

沿着昆明湖岸，循声前行，一路京腔京韵，一路歌舞升平，都是自发地让各人心里的春尽情流淌着。最让我有些乐不思蜀之处，便是万寿山前不远处的湖岸亭子里，一群老人们跳的各国风情舞，爵士舞、水兵舞、草裙舞，那些夸张的动作，那些奇装异服，那种开怀的、无半点顾忌的大笑声，直可以把一个腼腆的江南女子乐得揉疼肚子，腿脚竟然不自禁地跟着摆动起来。你不能不大笑，因为那个敲乐器的老人，歪戴一顶草帽，盯着你看，盯着你敲，盯着你幅度特大地扭着胯，直到周围一群人都笑得弯腰捂肚了才作罢。

京城的居民竟然可以把个春闹得这样的淋漓！

憋着未尽的笑意，往上看，万寿山上的万寿宫层层静止在山顶，昔日那场盛宴只为一个女人的六十大寿而设，对她弯腰祷祝时，那种天下最精致的歌舞又能让谁如此刻这般极尽开怀？也就在这个时候，我忽然很深地怜起那些墙上挂着画像的皇后嫔妃们，她们生前可曾见过园子里有过这样的春？

走到苏州街，踏在苏堤春晓里，别扭着，用权力想把个江南搬运至此，断桥上只让人远远想象了一下白娘子擎把油伞的样，便迅速回过神来。北国的春不应该剽窃，就如北方人出了名的憨实忠厚，我是这样想着。

这里的春有着江南远远不及的大气，豪爽。

出园门时，游人渐稀，夕阳让这“故都”之春恢复了一些端庄，宁静，仪态万芳，我回望一眼时，满园海棠静立夕阳中，像一位位艳丽的宫女，举着春，穿过了光阴。一丝儿酸楚便留在了旧殿门槛内。

京城的士虽不能与旧时黄包车相比，但拉我回宾馆的司机还真有些像骆驼祥子，我喜欢北方人的憨实，稳重，说话声音浑厚，不急不慢，让人生安全感。不像有些南方男人，与你说话时，眼睛滴溜溜地转，语言节奏比眼珠转得还快，让人心里总有种忐忑不安。

一句京味十足的“到了，您走好”，如沐春风，让我进了房间还在回味。

入夜，天竟洒起小雨，我撑把伞，名为找餐馆，实则到处寻找雨中的玉兰。这北国之春的夜雨，因了满街玉兰，竟柔软万千，手去接一滴，有生香之感，真没法去慨叹“花落知多少”了。

果然，第二天晨，宾馆院内全然不见落花残叶。艳阳当头，穿过宽阔的天安门广场，见红旗飘扬，心里骤然涌动起一种异样的春意，已抵故宫大门。

迎奥运的痕迹业已落在故宫城门上，刚刚翻新的朱红，实看不到颐和园的沧桑之重了。而那厚重的城门，镶铜裹银的门钉，令人一下肃穆起来。

我从天安门广场，从长安大街的春光里迈进紫禁城的门槛，犹如进得一本泛黄的画册，犹如踏进一部厚重的、散着墨香的历史书中。春在这里会不会有些大不同？

少了颐和园的花枝粉蝶，暖风碧浪，这里毕竟曾是权力的中心，一座座华美威严的宫殿只会让我联想起当权者们的钩心斗角，我无意去找权力争斗的痕迹，尽量往春光乍现处流连。

那个交泰殿，听说是皇帝皇后成婚时必住处，我从外面仔细探目过去，满屋的红，喜气融融。再看那榻上铺的软垫，一层层金线绣织的游龙戏凤，活灵活现，那些儿挑不出半点瑕疵的手工刺绣，一看就是江南女儿的巧手走过。

我在窗边与它们合了个影，为什么？真说不出所以然。那刻，倒是真盼望皇帝皇后在他们新婚的龙床上正窃窃私语来着。

再到那个选秀女的储秀宫。慈禧从这里走出，这位兰贵人，只说驻颜有方，从她老了的相片推及年轻时，我一直到现在都不承认她是个美女。一个女人心毒手狠，权力欲太强，没法让人觉得美。

再看那些皇后啊贵妃的相片，一下又想起我家大宝对我说的那句笑话："妈，我们班男同学今天在历史课上说，看了清朝皇帝娶的女人，觉得皇帝真不是人当的。"

只是一句笑话。不过看到这些十多岁长相普通的秀女照片，一位故宫的工作人员对我说："秀女只能在满族里选，怎比得上那江南女子水灵。"我才豁然，原来，乾隆下江南惹出多少风流韵事的典故可能也不全是虚构。

如花岁月已杳然，春依然来到此处，宫内寂寂，庭院寂寂，她们亲手浇灌过的那株海棠，开的花心里，还有没有她们日日盼着的春梦春心？出来时，我有垂泪的感觉。那里面，院墙太高，太厚，春风不容易走进，花若争艳，太难了。

我在故宫最心疼处，便是那口小桶口径的珍珠井。五岁之时，从小人书上识得珍妃，她难得的美丽单纯，难得的俏皮开朗，让光绪沉闷的心重见了春天，他们相爱了。

但错了地方，这里春风走不进，注定夭折，可怜井边一滴泪，从此滴在世人的心里。望着她的照片，春天的阳光透过院外的花枝，斑斑点点撒在上面，一阵阵不忍，一阵阵心疼，只想对她说：这个春天都给你。

其他有名无名的大宫小殿一一走过，像一页一页翻着历史。总觉得春风在高墙外吹拂，就是开得再艳的花，再绿的草，此刻于我眼里，都是低着头，不敢仰面。闷！

想在御花园出口长气，却发现，它成了深宫大院里病态春有力的见证。虽是各色奇花异草，做作之感极浓。那些根雕植物，几百年了，三两个人都环抱不了，扭曲的枝干，像扭曲的人性，让我想起龚自珍的病梅馆。在我看来，远不及故宫外街道两旁普通树木来得让人呼吸舒畅。

比起一座座庞大辉煌的宫殿，这方寸之地的花园太小了，实不敢想，成千宫娥嫔妃，就被这么个小园子拢住春色？

幸好，故宫被我走到了尽头。

返回时，想到前门出口就是天安门广场，脚步也就轻松了许多，就好像春风在前面簇拥着，只待我一出宫，便扑面而来。巧的是，又值夕阳时分，城门处，还是习惯一回头，血色残阳洒在金殿，历史重重地合上了那一页。那一刻，闻到郁达夫故都的秋味。

出得来，广场上人头攒动，欢声笑语。

追云远眺，这个时候，江南该是斜晖脉脉水悠悠了。

2008年5月8日

他们不是夫妻

他们进入我眼中，是在去年年底的菊乐路上。那时，我就知道他们会成为我日后某篇散文的主角。

今天着笔，不算太迟吧，恰好在春天。

从我住所到公司半里路左右，人行道上，是一排浓密的柳树，那垂下来的细长的枝条，枯着冬天的颜色，对一个漂泊的旅人来说，犹如见到自己日暮时分孤独的背影。

也像极旧年被剪掉了生命的一头长发，在这悬着，像风干的思念，更像一句句死去活来的誓言，我见到它们的心虚与怯意。

上班下班，走过这条街，走在自己的天地里，呆思呆虑着，周围物事是很不容易突破进来的。

然而那个黄昏，阴冷的冬天的黄昏，我笼着围巾，木木地走过这截街道时，一耳清脆的笑声逼近我视线，还真只能启用那个俗透了的词来形容：银铃般的笑声。

这是一对老人。老爷爷坐在人行道里面的花台上，一身玄色的棉衣，一根拐杖，一双接近失明的眼睛，而抖动他花白胡须的不是寒风，是他乐呵呵的笑语。

他在与发出银铃般笑声的老奶奶笑语。

老奶奶身着一身暗红泛绿的上装，恰好与她清脆的笑声辉映了几分。她此刻半跪半蹲在地上，一手扶着老爷爷的右腿，一手用一个小巧的按摩锤在他腿上轻轻击打，老爷爷在说着什么，老奶奶时不时停下仰视着他，笑得那样质朴纯真，有时，还如小姑娘般伏在他腿上“咯咯”笑一会。

他们的右侧，放着一个竹篓子，里面是土鸡蛋。他们是卖鸡蛋的。那么，这是一对以卖鸡蛋为生的恩爱的老夫妻，老奶奶捕空在为她的老伴按摩捶腿。

至此，你应该也如我这般以为着，为冬日的寒风里相濡以沫的这一幕而感动着。

她的脸上布满了坎坷沧桑的皱纹，苦难的痕迹趴在她身边那个残破的蛋篓子上。她为何还有着二八佳龄的笑声？为何还有着少女纯真的娇嗲？

我几乎惊颤在那，很不礼貌地立在他们后面，看着听着，直到后来，他们笑，我也笑，我有了泪，且泪水越来越急，回到寓所时，推门，不见了一室阴冷，我坐在床上温暖地哭了一场。

那晚我说我要去买他们的土鸡蛋，虽然患上胆囊炎后从未吃过鸡蛋了。这个愿望在今年的春天里才得以实现。

后来很少看到他们。两周前的一天，下班后，我终于在原来的地方碰上了她与她的蛋篓子，却不见老爷爷。

走近前去，篓子里还有二十个鸡蛋，我全部买下后，才问她：“奶奶，去年冬天，我看见您在这给一位老爷爷捶腿。”

“是，他的腿有伤，眼睛又看不见，我经常给他捶捶，他是我的姐夫。”她朴素认真地回答我。

“他是您姐夫？”我吃惊地重复了一遍，显然这遍重复让老奶奶明白了什么，所以，她马上加以补充：“是，他是我姐夫，我从小是姐姐、姐夫带大的，他们很疼我，现在姐夫浑身有病，我很心疼，只想为他做点什么。”老奶奶银铃般的声音说出这段话时，能感觉到她心跳在加速，那是出自真心的疼。

她后来又补充了一句：“我姐姐他们俩在另外一处卖鸡蛋。”

他们不是夫妻，你是不是有些失落?

我没有失落。我也蹲了下去，伏在老奶奶腿上，望着她，对她说：“奶奶，您知不知道，您好可爱好美丽！我从去年冬天路过这，就爱上了您。”

她望着我有些错愕发愣，随后似懂非懂地不好意思地笑起来。

她可能真不会明白，寒风里，那破烂的蛋篓子旁边，白发皱纹的她跪在地下为她姐夫轻轻捶打伤腿，仰起一脸童真，“咯咯”的笑声让我心里眼里的冬天改变了荒漠寒冷的属性，让一个漂泊的旅人一下回到了久违的温暖细节中，让所有假的、虚的、浮躁的，在这样的笑声里止息远遁，让我在泪光里，看那垂下的柳条不再像心虚胆怯的、病恹恹的誓言，我看到了万点绿芽抽在上头。

把蛋提回后，我特意买了一瓶白酒，照着多年前一本书上的盐蛋制作法，让酒濡湿蛋，然后抹上盐，封存在容器内，十多天后，便成咸蛋了。

这些日子一直在外出差，昨天才回，刚刚起身去看了它们，它们一个个看上去都很好。明天下班，不知她与她的蛋篓子还在不在那条道上？在与不在，如同她笑声的春天都已挂在去年的枯树上了。

一颗简单的心、纯真的心、感恩的心才能养出她那般不老的笑声，才能温暖冬日的寒冷与荒漠。

菊乐路上，我经过了他们，我多么幸运。

2012年4月15日

我与野茶之缘起

自小对茶有种莫名情节，却一直不甚了然，亦无机缘去究其中深浅。想是小时捧着《红楼梦》时，尤其妙玉饮茶一节在心里垫下过诸多怀感、钦敬与向往。她那些个出尘之举让茶在我心里，一直就成了世间至清尤物。

在多时饮白开水的往后，我却一直预感或恐将与茶和琴有份缘起。

入职场后，杯中便常时浮沉着翠绿清香，可能心中浮躁也多，自然是品不出上味来，多为应景罢了。

之前，我喜铁观音，是这名字让我心生欢喜还是其芝兰清香动了脏腑心事？真不知。曾用山重水复形容其香，想必可以解释为何我捧着它饮时少，闻时多。

及至往后，看到周作人先生那瓦屋纸窗之下，清泉绿茶里的半日之闲，也就对可抵十年尘梦的那一盅好生向往了。

那时，是没有野茶这一概念于心的。

但因茶于我心中早有了至清圣洁感，与野茶之缘也就有了一些必然的偶然。

那年就职成都一家稀土农用开发高科技公司，主治土壤水污染。曾接到过国内几家茶叶基地秘密性的咨询洽谈。说是因为其茶叶农残过重，无法出口等，问能否去为他们治理下土壤污染？因是测土配方，公司要他们提交检测数据，但对方拒绝了，说你懂的。

我自然是懂的。后来有一家还是提交了过来，那些数据确实让我们有些惊诧。

自那以后，我喝白开水的次数又多了起来。

回想小时对茶的向往，那些心中至清至洁的娇娇何以成了这般模样？举着各式金奖银奖等赫赫招牌，跑马圈地，求量，求光鲜的外表。

利欲膨胀，究竟是魔。

虽职业操守让我必须得守口如瓶，但心里自然是有些悲凉失落的。

之后，与野茶之缘那必然的偶然竟越来越近。

日子又把我丢到大别山下一家茶企担纲首位。是那里许多质朴的人与事让我最终告别了职业经理人生涯。性属山水流云的我，决定早日回到我要去的地方，顺便崖边云雾里，找得一些天之娇娇，润我几分红尘。

很感激大别山下的日子，感激山中那些茶农于山凹崖边，摘回一筐筐野生瓜片原叶，几口大锅，几炉薪柴，一摞摞竹筛，一身身汗淌过灶前炉火，坚持用古老繁复的制作工艺，一百多道工序后，成得一点野茶天香。

望着火光里那一张张年老的容颜，看着他们不停在生锅熟锅里挥动的手臂，汗从他们背上一绺绺往下淌。他们的身边，是他们的家人刚从山野壁崖摘得的一篓篓翠叶，仙气绕室。

如果那刻你在，野生六安瓜片古法制作的全过程会震撼你，会让你濡湿双眼。

我带回了两斤，分了一些给几位痴茶的良友。那之后，背包山水，顺便找点手工制作的野茶，成了我日夜挥之不去的念头。

思想不是很崇高，只是想让这成为我今后一种快乐生活的方式罢了。

告别职场后，我走了些山水，访过大别山原始森林带天堂寨，差点被山洪直接留在了那里。在它1300米的云海深处，我全程参与了野茶采摘制作。土锅土灶土厕所，还有那热朴朴的乡情乡意；也去过安吉竹海，被一位朴素勤劳从事竹制品编织的肖姐带着满山找野生白茶，那竹林里的茶芽儿，自然带着竹露清香。这刻回想起，肖姐如茶，茶如肖姐。我走时，她叮嘱来年竹山野茶飘香时，菊来吧。我点头，又点头。

去黄山时，被一对年轻的夫妻相邀于荒山，确实，手工野生毛峰和猴魁与我之前品饮过的标注为国礼的茶是多么不同。

最让我惊喜的是，回湘后，与老憨在武陵源茶区里转悠，意外得一喜讯。上半年，主峰悬崖地带发现一片原始野茶林。于是，与山头主人有缘结识。记得那日，我与老憨随他们攀崖钻丛，荆棘挂体，见识了那一片藏在岁月深处的云崖之瑛，激动感慨万端。

今年春色满崖时，满山绿瑛已被虔敬请下山，崖边野茶正式面世，它会让你齿端收尽原野。

这些经历处处，也谓茶趣在茶外，菊将会用文图全部记载下来，让爱茶的友们在崖边网站所属板块里时时搜录回味。

这自然不可能做成多大个生意，很多企业界的朋友们很诧异我这费力不讨利的选择。但我真的开心，我在用它过渡，让我心身借此回到天地自然中。一种活法吧。

当然，能找到一些野茶卖给茶友一点，换得一点旅费也是必要的，首先得活着是吧？支撑菊与憨哥继续山水，继续访点野茶就足够了。还有许多山头要去，那里，有散仙娇娥正出没云海。

我相当认可一位茶人的说法，茶在保证安全干净的前提下，适合自己喝的就是好茶。我想我至少可以保证菊找的野茶是安全的，是无污染的，是天然的。

无欺无假，谓茶之大善。

“坐酌泠泠水，看煎瑟瑟尘。”

我极欢喜诗魔香山老人这首诗。每每念及，总是怀感之深。那壶里煎的是碧绿之沫，也是人间尘烟。

“无由持一碗，寄予爱茶人。”人总在最澄澈空静时，容易念起各自的远方，与明净与温暖与归宿相关。

好茶本天成，崖边偶得之。

故，菊之爱野茶，应是它之自然、天真，便也就亲了。

2014年1月2日于长沙崖边野庐

第三折

吉光片羽

梅花雪月交光处

——雪中访观音寺

雪净松河水

家乡第一场雪时，我在异乡的城市病得九死一生；第二场雪时，是我回家没几天，病未痊愈，就带着宝宝去了柳叶湖，专为看雪中的它；第三场雪飘下时，从柳叶湖回家已是多日以后了。

那个早晨，我放下书，立在落地窗前，安静眺望，那雪花，真是大朵大朵。间隙处，总有一种带着气息的光阴以雪的颜色，不紧不慢地移过来。

应有一年，有条小径覆着深雪，一对年轻的恋人，两行歪歪扭扭的脚印，我们不要问它们去处，可好？

至午后，与宝宝说：“上堤去，看河上雪景吧。”她自是雀跃。堤上还未形成太厚的积雪，但见雪落水面，松滋河的清浅素颜安静得更是可怜见地。

我立在繁华的此岸望过去，彼岸竟是朴素的一片丛林，披上雪装，直直见到诗经中白露沙州空旷的孤凉，隐隐若现刘禹锡在白马津头哼着“沙州归雁拂旌旗”，此际，归雁不见。

突然想去观音寺。

我当年买下这套房，只为靠着这条河，后才知，沿堤南下不过大半里，就是这座城里最大的一座寺院，因之，基本确定我在任何地方再买房，这套房我是不会卖了的。

这些年，任何时候回来，总会一个人或带着宝宝上这走走，哪怕只是走一走，静静坐一会。我喜欢这里疏疏淡淡的香客，甚至有时，除了不多的几名护法僧像没有似的坐在那，或走在那，就余一个我落在那空旷的圣殿慈眉下了。

雪没有积在观音寺的院坪上，它们大片大片，落下即融，唯有墙边一排水杉上歇了一些。我们进来时，一位眼熟的胖僧人抱胸立在观音殿前的回廊上，呆呆地望着那空中翻飞的雪，他那刻在想什么呢？那样远远的、离离的眼神，这眼神让整座寺院更是肃冷了，让这雪天更是安静了，让这人间好远好远了。

可能他很惊讶这样的天里，竟有人来，收回目，望我笑了一下，说：“冷啊！你来了？”我合掌，笑着点了一下头。他向客堂走去，我与宝宝还如从前一般，沿着右侧往左慢慢踱行。

坪前的香炉里，依然的三炷高香在燃，这是偌大的院坪里唯一的暖意，似一个孤立在雪野的人儿，正呼出一口一口的热气。

靠北边是巍然的弘法楼，膳堂就在它旁边，此时门关着，寂悄在雪落处。我在外停了片刻，想起多年前在这里的第一次用餐。

那时，寺院掌门是从佛学院出来的年轻的宏道法师，腼腆清秀，谦和睿智。因他与我远方的姨交情甚密，曾与他在客堂聊过一下午，他留我用膳，一桌三五人，清清淡淡的三两碗素菜，吃饭时都不见声响，公筷夹进后，见法师们一片一根地慢慢放进嘴里，那种认真的咀嚼，似品瑶池仙馔。那刻，我体会到了夏丏尊在《子恺漫画序》中写他的方外友弘一大师之情状："碗里所有的原只是些萝卜白菜一类，可是在他却几乎是要变色而作的盛馔，他把饭划入口里，郑重地用筷夹起一块萝卜来的那种了不得的神情，我见了几乎要流下欢喜惭愧之泪了。"

这样一想起，眼又开始温热，夏丏尊与弘一在他的杭州白马湖数日相聚后，自怜囫囵吞枣大半生，平日吃饭着衣，何曾尝到过真滋味！乘船坐车，看山行路，何曾领略到真情景！那日与宏道法师就餐后，我何尝不也这样感慨过！

再慢慢转过去，因身体原因，没有进弘法楼的大雄宝殿，只是立在阶前，望了一眼殿内，所有的沉想顶礼在阶前完成。

客堂我是最熟悉的，这里，有过三任主持接待过我，如今，他们都已如云鹤般向四方仙刹古寺里行去了，明祥法师回了九华山，明文法师去了深圳本老处，路过长沙时给我有过电话，而我恰好去了外地，引为遗憾，后便失去所有联系。然而又有什么要紧呢，一念起，便在佛光里见了，那般安然着。

又绕到观音殿前，望去对面诗墙，这时，雪已疏落起来，那一壁石刻呈着古今贤哲的禅理哲思，只是，不知灌醒几颗懵懂之心。愚痴如我，每每立于此，念之于口，存之于心，而在尘间一转，又淡忘了多少？时时来此羞愧一下，可能也是一种浅陋的明智吧。

祝勇说寺院是沉思之地，确实！这里的沉思摆脱世俗的恩恩怨怨、是是非非、真真假假，逼近事物的本身，那种参悟也许终难求得正果，但诚如他在云居寺里想起他友人的那句话：或许你并没有想清楚你所有的困惑，但思想本身就是一种修炼，是一种清醒的觉悟。

我说，羞愧便也是一种清醒的觉悟吧。

宝宝这时叫我一声："妈妈，你看这里好多菊花，你的花。"

我顺着看去，廊间尽头处，几盆纯淡的黄菊落入眼帘，寒雪冷冰中，一半已呈抱香眠归之状，一半还娇灿着。我蹲下去，笑起来，如见雪天远方来访的至交，手轻缓抚过它们，心如水晶之杯去盛雪，冰肌玉骨，温凉入髓。

"半卷湘帘半掩门，碾冰为土玉为盆。偷来梨蕊三分白，借得梅花一缕魂。"那刻，它生生兼了一把雪中梅，我嗅得暗香四逸，无语良久。

宝宝拿着相机，抢拍下了这一刻，我起身抱起她亲了一下，告诉她，那年，她在妈妈腹内时，妈妈常常来这里一坐就是一天。没有告诉她的是，那段重难之日，我来此与佛诉，与腹中的宝宝诉，相依为命度了过来，借靠佛助之力，终是承受着万千之难，生下了她。

而这刻，我只有馨香在胸，没有怨与苦。

是，感谢天赐了我这片朴素的善良与包容。

又已近暮了，雪开始急起来，那位胖僧人远远地望着我们笑，我向他点了一下头，合掌告别，牵着宝宝转身迈出了寺院大门。

身后，渐急的雪花里，观音寺还在继续清寂幽深下去。我牵着小宝，雪打在脸上，就那么自然地想起了梵净山上冰天雪地里，妙法师父带着我唱的那首宋代高僧法常的《楞严一笑》，听，如渺天音传了过来——

此事楞严尝露布，梅花雪月交光处。

一笑寥寥空万古，风瓯语，迥然银汉横天宇。

蝶梦南华方栩栩，斑斑谁跨丰干虎。

而今忘却来时路，江山暮，天涯目送飞鸿去。

2011年2月19日

出门在外，冷暖自知

——答轻轻的文字

你的文字成了一只信鸽，我每天浅舒慢展，躺在家乡的心跳声里，以发呆的形式，放飞一会儿思念。

我欣慰于你的如晤，知了我弄琴的手已没有焚香，而你却在遥远的家乡，看到了我沉香的心痛。

南方喧嚣的都市，我的眼里看不到霓虹灯，静静的深夜，我只看到家乡那一轮满月和漫天的星，你的眼睛在里面忽闪得最为情深。

古典既然是一种心情，来之于这世上时，上苍已让她与我如影随形。亲爱的你，我的爱情最多只能待在月亮里，我努力了，她到不了月亮上空。

我喜欢冬天，却害怕冷，这是不是我南飞的最初之念？听信了这里没有冬天，有人站在高处，敞开温暖的怀，对我一遍遍说，说是让我今生再不会遇到寒流。

而今，我知道南方的确没有冬，可是，朝朝升起的太阳有着背叛四季的假，远没有家乡昨夜一场冬雨来得真实，来得温暖。

而我现在，为着家乡今年一场初雪的到来准备开始收拾心情。不敢奢望将思想立在它们之上，至少，你在我身边，会陪我一起吟哦，看着片片雪花是怎样融化在枝上地面，在眼里眉间，然后，我们或许可以轻歌曼舞。

那时，你会知道，梅园没有盛事，都是一些虚妄的传说，都是雪花一瓣一瓣，落在手里，无色无香无形的空。

关怀有许多种方式，有些惨不忍睹，譬如亲爱的你，你在澧水那端，安安静静，等着听我体内骨头断裂、缩小的声音。其实，你早已听到。我在你疼痛的文字里，看到你长夜睁大的眼睛，你曾说过文字是你的魂魄。

忘了告诉你，前些天的某个黄昏，我为那轮西沉的夕阳抚了一曲《渔舟唱晚》后，剪掉了缀满星月的指甲。我得让颜色尽量单调，以素面去会月色无边。

我想，有一场归来必定是发生在月光下。

容颜再美，终是留不住，亲爱的你，就让我保存这份古典柔婉的心。

与你这样聊着时，有人的关心以批评形式不断送入我耳际，她说她终于看到一个不食人间烟火的女子。我横竖不出声，想着你送给我的那句“前不着村，后不着店”的孤单。

其实，从年少到中年，梦一直没有更迭，爱情的本色一如当初，一如家乡的松河，两岸无论怎样的草长莺飞，经年累月奔逝的水其实都是循环着她的最初。

轻轻，我借着你的文字，被家乡温暖着，性灵不会迷失在异乡。

出门在外，冷暖自知。

2007年12月4日于深圳

绿荫下的尼姑

题记：

日子走得悄无声息，来者依然不急不缓。

深处的梵音与窗棂前日夜流动的风，时不时过滤着渐行渐远的背影，还有纷沓的、渐至消沉的跫音。如浓荫筛日，落下了几片摇曳的光影，至于有些个午后或寂夜里竟也生出一池荷香，幽幽淡淡。

红的莲，白的莲，瓣沿晶露滴溜。

她，只需一个清字着墨，如污泥浊水里的青莲，安安静静幽香一处。虽然青莲之名，现已在世上泛滥成灾，为矫情自饰者的面套，却还是有如她者，把持着青莲的高洁芬芳。

嘉山，多好听的名字，孟姜女的故乡，位于湖南常德市津市境内。我至今深念着，却无关孟姜女，只是因为山上一蓬绿荫下，一个清瘦的影。

两年前，诗人轻轻姑娘携我去了一趟，两个喜弄诗赋的女子走在孟姜女的故居，想象着她那一颗颗能摧毁长城的眼泪将要在我们笔尖下生出怎样的长句短句。

一辆摩托载着我们上山。颠簸中，虽随时有被甩下的危险，但那原生态的土路，感觉更接近孟姜女的朝代。我的旅行，常是靠着想象佐料。

去过的名山大川也不少了，这嘉山实不能叫作山，一座高岗而已。因为是家乡的一处含着典故的风景，我还是持续着初上山时的好奇与热情。

上面很简单，仅几座寺庙而已，有几座是新建的，有两座破破烂烂，看得出年代久远了。来此礼佛，当时还真没这个心理准备，到处探望了下，除了一座小而旧的姜女庙，再也找不到半点牵扯到孟姜女与范喜郎故事的物件。

而佛，还是虔心要拜的。第一座临前，大雄宝殿，刚要迈进门，被一似僧非僧、似道非道的男性拦住，我愕然望去，对面丢过来一句话："请先捐点功德钱。"问为什么？答曰："这是规矩。"

我的脸霎时涨得通红，一种巨大的受辱感，竟有这样的败类守在殿前，毁着我佛形象。其实走到哪里礼佛时，功德箱里，我总是要丢的，如果成了一种逼迫，就成了屈辱。

看他不收到钱决不让我们踏进门的样子，我对他道："功德随喜，这点知识都没有，你也配做护法僧？难不成那些拿不出一分钱的穷苦人想要进来拜佛都是不能的了？"

那个不僧不道的人最后知道碰上了个带刺的主，退一边去了。进殿后，我已记不清躬身下拜时的心情，只知郁闷到极点，还有僧人立在院外，吞烟吐雾。更恶心处，庄严的佛堂里公然游说香客交钱，替人作法消灾，划划点点，神神道道，先前所有的好奇与热情早遁地消逝了。

万念俱灰的拖着步子，往各殿各宇转了下，在一个回廊处，有一阵风吹过，一种清凉感让我驻步小憩，也好吐口闷气。

这时，我听出风里还有一种声音，那种清凉与这声音有关。

转目探寻，左侧有一排极简陋的土房，一小间一小间地并连着。前面有一块空地，有几根树撑起一片清荫，是苦楝吗？还是香樟？总之，感觉这一处浓荫如沙漠里的一汪清泉。

有一把木椅、一张桌在其中，声音就是这椅上的人发出的。

她是一位尼姑，三十多岁的光景。

她伏桌捧一本经书，逐字逐行在唱颂着。一袭灰色的长袍，帽檐下的一张脸，苍白清瘦。树荫漏下的几片阳光偶尔游移在她的脸上，现出一种圣洁的光晕。她的声音真好听，不能用百灵来形容，那是一种脆生生的疼，一种静幽幽的怜。对，想起来了，那是一池菡萏于深夜里的绽裂声，或，夜风来袭，芰荷舞动时，珠露滚落水塘的声音。

我听得呆住了，更讶异她的浑然忘我，我已立在她面前许久，再走近时，她终于望向我。那目光，如许清澈，纯如赤子，真的想轻轻捧起，轻轻捧起呵。可是，安置于何处呢？都怕浊了这无尘的目，不如隔着风，对视，溶进我的眸底，净我魂灵。

与她应是有缘的，那一种亲切如久违的姐妹的感觉，她拉过一把竹椅，让我坐下。我们是聊了许多吧，我还记得她说起她出家时，脸上有一抹不易察觉的难舍，她是经了家人同意后，才决然走进了佛门，说在这里，她的心是那样的净明，心情也好了许多。潜心念经礼佛，早课晚课，只想减轻缠身的罪孽，只想修身正性。

我拿过她的经书，读了几行，她羞怯地说她只读过两年书，好多字是不识的。我大惊，问她为何对着书，唱颂如此流利，她说她是从师父那一字一字硬记的。

那么厚的经书，要用多少日夜才硬记完？她说她唯一可做的就是勤奋努力，一有空就抄写、背、记，不懂就问。

她见我拿起经书就能念，说：“有文化真好啊。”看得出，她眼里尽是实诚的羡慕，因而更是疼怜起她来。想起先前殿内殿外那些恶心的场景，更是为她起了忧心。

她听后，劝我不要生气，说很多都是旅游管理部门安插的人，不是真心向佛者，多是假僧人。她说，这样的处所，若都不能让他们静心向善，其罪孽将会载于身，值得悲悯，但愿他们能尽早醒来。

她的眼里浮起善良的忧心。

她默守着佛门清规，示之诚，之朴，之洁，或者，会叩醒那些迷沌心性。

我为刚才的愤懑有些不好意思起来，她轻语微笑，似带了淡淡荷香，此时风来若波，把这股馨香直荡入人心深处。那一刻竟满怀了包容，悲悯。

我劝她换个地方，说我所处的城市有一座观音阁，离我家不到五百米，规模气派多了，条件也很舒适。她说，其实在哪里都是一样，只要佛在心，就不会受任何人事干扰，正自己心性，施自己慈悲。

不过，她望着我很轻地笑了一下，说她会来观音阁朝拜学习，到时，她说她想见我。我连忙答应着。我给了她电话，她记下了。整个话语都是腼腆的，至诚的，看得出，她喜欢上我了。

终究是要告辞了，合十的她，一直笑着望我们走远，转角处，我回头招手，看她立在那里，单薄的影子投在地面，在枝影摇动的间隙里，或现或隐，莫名的一阵疼痛涌过，有先前那些恶心的场景做陪衬，她，真如一株幽静的青莲，亭亭卓立在一汪污泥浊水间，暗香孤独一处。

下山途中，诗人轻轻到处找她洁白的栀子花，还有关于此花与她所有浪漫的往昔。而我，竟什么都看不见了，眼里心里只有那株静立的青莲，走几步，疼一阵，怜一阵，暖一阵。

这往后，一直没接到她来的电话，我亦没去打扰她，可能，有些人或事，存了心底，要好过拉出来倒腾吧。我是尊重且理解她的，清幽的人！

几年来，常在各处寺院走动，每遇树影斑驳处，总要凝神忆起她。

今夜，我在这里写着她，却不知她在何方，但肯定，此时莲座前，一角青灯古卷，定有她如莲心音。我只想，佛龛上的灯捻经了她的葱指拨弄后，那束微弱的光焰，会在她苍白的颜上添些温润。

一定会。

注：写于古历2009年6月19日，观音菩萨生日的夜里。以此献给我佛！

君山行

一

已是浅秋。炎热虽不逊于伏夏，偶尔太阳背身时，云影里也仿若晃动起几行雁声余韵了。低垂的暮，也似有风隐隐舞起了枯叶声，于此间，总爱目滞一处，兰指做抚睫毛状。

立秋后没几天，彭师再次提出去岳阳他的医院做身体例行检查，羸弱之躯，我向来不太关注了，想以天热拒之，无奈他说那天岳阳狂风大雨，气温骤降。我环顾不语，片刻后，应了他，朋友，终是暖心。

第二天我到岳阳时，才知，先一天的暴雨并未把太阳的热度冲淡一分。

这座城市偎着洞庭湖而建，八百里洞庭已是20世纪之前的事了，难得的是它的怀里，竟抱着洞庭湖水域目前最宽泛的一截。

晚餐后在江堤上走了许久，沿江风光带成了岳阳市政建设最亮点。彭师，这个文静少言的学者型男人，竟也为这处亮点自豪得不住口地说道着。

新建的城墙堤面庞然巍峨，古色古香，随着灯带望去，逶迤进夜深处。堤下垂柳拂着琉璃夜色，看近处的湖水，泛起深暗的琥珀光，有些动人情思了。沿堤商号茶座餐馆一应皆具古风，建筑多有仿岳阳楼状，也难怪，岳阳楼毕竟是这座城市溯古面今的一块大招牌。

只是，这高风之地，有多少居庙堂者，还在先天下之忧而忧？

坐在江风里饮茶小憩，洞庭湖平展在莽莽苍苍的夜色里，我对彭师语："若是雪天，面江饮一杯，当是如何？！"他憨笑："那会冻死你。"我摇头笑之。

然后指着远处夜幕，问君山可是那处方向？他说是，就在那湖心深处。他说他二十年前，研究血吸虫防治，在那小岛上生活了两年多，青灯古卷似的日子，熬出了一部国家级大奖的论文专著。0.96平方公里的小岛，有大半处他足迹未至，多是闭门研究著述的时候多。

第二天，君山岛上的他的一位二十年未谋面的朋友证明了我的猜测。

我问起双妃墓，他却给我说了个柳毅传书，可怜我住常德，毗邻岳阳，也算是洞庭湖的女儿，竟不知岛上还有这样一则美丽的传说。

彭师绝对属于不善讲说那类人，可他这个故事，尽管用的是他浓重的方言，我依然听得魂不知归处了。

他慢慢说起了：

有一个书生叫柳毅，进京赶考时，路过一处所在，见有牧羊女衣衫褴褛，泣声惨然，柳公子走近问她有何伤心事，她凄切诉之详情。她说她原是洞庭龙君之女，因不小心打翻了一碗龙水，导致一场天灾，被贬到此处一户人家为媳，受尽凌辱折磨，伤痕累累，可怜千金之躯，哪能撑多久，生命尚不久矣。

柳公子听得泪如雨下，问之可有救法？她给了他一封书信，请他去趟君山，告诉他什么村边有株什么树，树边有口什么井，井旁有一栋房子，房子里有一口水缸，水缸边长有一株竹笋，让柳毅把竹笋向左扳一下，这样，自会现井口，他便可自行下井，直通龙宫，面呈书信给她父王，让他们来救她。

那柳毅拿着书信便启程，赶考的事也作罢了，他要尽快救出这位可怜的公主。随后，柳毅来到君山，照着龙女的叮嘱一一行之，那龙王看到爱女的书信，泣不成声，心疼如割。悲呼：人间的人何至如此毒辣！再请柳毅返转托信于龙女，定于几日几时，让她闭眼立于一棵什么树旁，他自会救她回家。

柳毅如是这般带到后，就与龙女在定好的日子立于村头一棵大树旁，闭眼候着。只片刻，只听波浪滔天，风声撕绞，睁眼时，他们已至龙宫，而她原来那处地方，已是泽国水乡，那害她的人家，也早已被淹灭，得到了惩罚。

那口井自此就叫柳毅井，是为纪念那个善良大义的柳毅公子。自那以后，这洞庭湖才有这八百里之宽之长。

我睁着眼一动不动，等着下文，他说没有了。我问后来柳毅怎样了，龙女怎样了？他们是不是相爱了？彭师说他小的时候母亲没告诉他这些，他也不知道了。

这故事不应该没结尾，我认定他们相爱了，幸福地生活在一起了。

彭师说："我真不知道！"

于是，我告诉了他我即刻做的一个决定："彭师，明晨抽血后我一个人去君山。"

是的，还有那丛丛斑竹，一直生在我心里，摇曳了多少年，这次，我定是要去看看了。

第二天早晨，当彭师挎着摄像机出现在我面前时，我不再推阻，知他定是要陪我去的了。作为朋友，总是想尽点地主之谊。他说已把血样交给手下，安排妥当了。

南岳坡码头，快艇还在等客，我立在一艘大船甲板上，纵目，水天苍茫处，现了一方绿影，想那必是君山了。

脑里迅即飞过那些烂熟于心的诗句："曾于方外见麻姑，闻说君山自古无。元是昆仑山顶石，海风吹落洞庭湖。""风波不动影沈沈，翠色全微碧色深。应是水仙梳洗处，一螺青黛镜中心。"最形象生动的是刘禹锡的那首："湖光秋月两相和，潭面无风镜未磨。遥望洞庭山水翠，白银盘里一青螺。"

叹服！白银盘里一青螺，刘禹锡当年立在洞庭湖边，怎生望出了这样的绝妙之句！那点绿影，似漂浮在轻盈的、莹亮的湖面。那种静雅，款款低眉状，叫人忍不住想掬于手心，爱之抚之。

快艇在湖上划开雪白的浪花时，我忍不住伸出手，与湖水深深相握了。左右极目环之，风翻白浪花千片，哪里不想引吭一曲《八百里洞庭美如画》？！

洞庭湖呵，我美丽的家！眼有些潮湿的感觉。

翔于湖底的鱼儿们，一定触摸到了伸在湖水里的我指尖的雀跃。

彭师一直在后面舱板上忙着他的摄影，我醉心于湖水刷臂的清凉，魂魄置于这浩渺烟波中任之漂浮。

当他回头厉声叫我名字时，才记起他说过这里是血吸虫疫区。缩手进舱，心理作用吧，竟觉有虫儿使劲顺着我的毛孔往血管里钻。他慰言湖心的水含虫概率极低，我哪里肯依，直觉臂上有血点渗出了，是虫儿的足迹吧。他见我如此笨痴，只说一月后化验才知的，有了吃药打掉便是。

想是那龙君还不解恨，如此翡翠清波，竟弄了些寄生虫撒在里面，还在报复这人间的人。

等望到远处湖岸嫩绿的蒿草时，我已全忘了臂上的恐惧。

你看那水天一色，浅滩野露处，芒草狄花，风拂过，或起或伏。不时有一两只水鸟旋起白影，破草飞去。

我的心越近岸处，越是悱恻柔婉了，向那一片苍茫天底下，湖水静凉处，我直直走进了《诗经》——“蒹葭苍苍，白露为霜，有位佳人，在水一方”。

远处有划桨渔舟远远出没在丛草间，想必此时天近正午，暑热当头，佳人们藏在岛上幽清处了。只是这白露为霜？再过些日子，深秋时节，这里应染尽了霜色凄迷，更兼岛上，斑竹声声，想那娥皇女英，蒹葭深处，和血和泪，望断多少南归雁。

此处霜季，离人哪敢伫立？

上岸后，我直直向那湖洲走去，满天蜻蜓密集，直让我惊诧叫出了声，它们真像岛上的迎宾仙姑，舞起仙姿，奏起仙乐。我举着相机，迷乱其间。

为了捕捉它们翩翩纤影，正午太阳底下，我弃伞于地，追来跑去，涔涔汗滴，终是获了一两片片，都不能尽它们妙美仙姿于万一。

这位说君山只是一个光光的岛，满含了两年多枯燥孤独的彭师，也在我的阵阵诧异声里，在我时而呆愣、时而惊喜的目光里趣味了起来。我拍蜻蜓，他拍我，不亦乐乎。

彭师二十年前在此工作过的一位同事已是一名景区负责人，早在检票处候着我们了。电话催来，我们只好作别了苍苍蒹葭，向岛上走去。

握手寒暄过后，我们舍了游览车，踱步徐行，这位朋友追着告之，必是要请吃午餐的，他已做好安排。

久别重逢，彭师憨实之人，二十年来，只回过这里一次。而今已是今非昔比，我常无意望他一眼，那表情平白的脸上，实看不出他有多少旧地重游之慨。这与理性有关吗？不敢问，我只低头笑着走去。

我是要寻斑竹去的。

浓荫覆盖处，湘妃祠入得眼帘。白壁青檐，未进门，已是青竹之幽绕着呼吸声了。

别于佛前跪礼，我只静立，对着上面两位璧人，默默注视良久……千里寻夫至此，望穿秋水，终只送来一则死讯，恩情往昔，哪能不疼断肝肠？泪尽啼血，只有魂魄追去，天长地久，缠绕一起了。

耳畔，风送来竹叶潇潇声，折进一条小径，徒见满园青竹，枝上斑痕点点。

“斑竹一枝千滴泪”，这满山的竹斑，湘妃多少血与泪？

我一根一根地抚着，在那些深深浅浅的斑痕里，沉了目，手握一枚竹叶，凝神，纤纤细细，这摇曳在我诗行里的君山斑竹，此刻竟不盈一握了。

结结垂思：为何要那样生生爱着？生生念着？相拥而去的又能有几对？有一天，等得百转千回时，那只深怜的目早已杳然散去。相握的手终是抓不住另一只的下垂，那种绝望的疼痛能有几人的心奈何承之？血枯泪尽。

我知此时有云当顶，正若若移去，我却不敢望远边的天，泪涌起，仓促向前奔去。

双妃墓静静卧在丛竹中，一方青冢，埋了一段千古绝爱，呼君唤君之声，留在了满山竹风里，和着孤雁徊鸣，生生世世回荡在那些相爱的心间。

二

在竹林小径上默默行着，不想身后彭师丢来一句："要不要在竹林拍张眼泪照？"回头嗔了他一眼。

伤郁终也淡去一丝。正好有一斗笠村妇，着件红衫迎面走来，大热的天还在劳作吗？与她交目时，那眼里质朴的清亮，映着红衣衫、红脸庞，忽地让我生出许多喜悦。我望她一笑，她望我一笑，竹枝摇曳，筝筝然，回味许久。

拐弯后，前面出现一口大池塘，一桥搁置两端，上刻"秋月桥"。想是取自刘禹锡的那句"湖光秋月两相知"。

池水绿得如朱自清笔下的梅雨潭，不知如何形容才好。垂柳弯到了最佳姿势，舞得极是娉婷。我们坐在塘心亭子间，看三五只鸭在水面倒栽着身子，正戏水嬉闹。

可我，还是望"秋月"两字，生出了一点凉意：深秋的月夜，这一方寒塘，会不会有鹤影渡来？

彭师的朋友接到了我们，上车至一饭店，地处君山另一端的尽头处。餐桌摆在大门边，正对茫茫洞庭水，江风阵阵灌入，远处舟来船往。

我捧着一把嫩嫩的湘莲，品其甜，抿其莲心涩苦，舌尖濡起丝丝清香——那是洞庭鱼米、接天莲叶的味道。三大盘鱼端了上来，全是早晨于湖里新鲜起网，入口即感嫩鲜之至。

这时，又赶来一位朋友，也是彭师二十年前的旧识，挚诚的笑容，黑红脸膛，朴素的衣衫。他与彭师握手后，望着我拘谨一笑。

当彭师让我为他们哥仨摄影存念时，我知了这位脸上少见喜悲、少见笑容的男人，其实重情重义。俩人说起彭师二十年前的往事："你呀，就只埋头读书，人家姑娘找上门来，你都不理。"彭师敛眉入了沉思，轻问一句："她现在怎样？还好吗？唉！我那时没法呀，任务太重。"

于是我知道了这座岛上，曾经有位好姑娘为彭师深夜辗转伤心过。而他这二十年来，表面水波不兴，内心又哪里真正忘却？久别重逢，美丽的往事适合在君山的江风里娓娓述起。

饭毕，一友告退，一友相陪。曲径通幽，两侧出现一畦畦青色茶苗，朋友告诉我这就是有名的贡品君山银针。

满坡望去，似有馥郁之香扑面而来。恨不得飞去长沙，取回一壶白沙井水，煮几叶新茶，在悠然古琴声里，也尝尝当年乾隆口福。

前方，一座小亭出现在侧边坡上，里面悬着一口巨型古钟，想必就是南宋农民起义首领杨幺的"飞来钟"了。君山是他们起义的大本营，儿时读《说岳全传》，就为岳飞与杨幺这两位英雄的这一场决斗无奈过，伤心过。如今，刀光剑影、战鼓呐喊都已沉寂在洞庭湖底，铜绿绣纹里，还能触摸到"等贵贱，均贫富"的口号，沉耳，似有沧桑的钟声正穿越时空，叩响着世间魂灵。

再侧转过去，柳毅井并入眼帘，一名导游正在为游客们讲着那个美丽的传说。我立在远处，望着那口井，很久才走近。

井口塑有两条鲤鱼合围成趣，砌有石阶延伸井内，水清冽至幽。攀着井沿往下望，无尽的想象……柳毅、龙女可安好？

井上高坡，筑有一亭，取名"传书亭"，周边古木参天，蝉鸣幽深。

亭子是为纪念这段传说而筑，我却以为，是供这对眷侣于清风明月之夜，携手小憩，重温人间美景。

友带我们进到君山御茶院时，我的腿是有些酸软了。这座茶院极尽古韵，几进几出的庭院，小桥流水，绿荷涟漪。泡茶的小姐款款莲步，莺语清浅。

坐在雕花刻镂的窗边，看银针似的茶苗在杯内三起三落，渐舒身姿，清香沁入骨髓，犹如一位妙美仙子在向人间做最完美的呈现，用积攒三冬的寒香，迎我们来，送他们去。

快下午五点了，返回市里的最后一班快艇怕已赶不上，友说不要紧，实在不行，就随他们职工下班回家的渡船过去。我又起了神往：茫茫洞庭，吱吱哑哑的桨橹声，还有西下的夕阳，那是一种怎样的快活！

可惜，赶上了快艇。

舌尖还噙着银针清香，背后，岸芷汀兰，斑竹幽风，沧桑的飞来晚钟，凌波的龙女柳毅，还有石径上的斗笠红衫姑……随白浪，犁开我五脏六腑，柔柔驻落。

回到南岳坡码头，我说要等洞庭夕阳。彭师坐在一把藤椅上，陪着我等。湖心深处，君山又成了白银盘中一青螺。

一个小时后，如诗胜画的洞庭夕照铺满水天。金波粼粼，归帆点点。我打开双臂，心似鹤舞长空。君山在对面，颔首沉吟。

八百里洞庭呵！我的家。

2009年8月27日

六间房

昨午间，去千千（云起山情）的“心灵六间房”里转了转，折回自己的这段日子，也觉要敲敲窗了。今又至周末空静处，顺着千千的六间房，也绾六个结吧。

一

端午节出差到昆明，细风冷雨中，没有体会到太多春城的温暖，昆明方相关人员陪同到了滇池，车停在雨中，我穿着冲锋衣立在浩渺的滇池畔，心真的寒到极处了。

记得高中时考到昆明地质学校就读的同班同学曾在写给我的信中有一句：“这里一年四季如春，清澈的滇池水，无边无际，碧波荡漾。”

从那时起，我就一直向往它。

如今到了这里，却只见到一浪一浪的蓝藻从无边无际处压来，带着腥臭。滋生喂养这庞大蓝藻群落的就是总氮总磷，而这俩化学物就诞生在各种厂矿工业污染、生活垃圾污染、农药化肥污染中。

第二天放下工作，做私人行。背个60升的旅行包直奔传说中的抚仙湖，正遇还顽强保持着一类水的它正波澜大兴。对着广博的湖面，畅然吞吐了几口气后，来不及抒情，就见沿线湖滩一层层浪送上来的垃圾，开始强烈地心疼忧虑起来。

逆湖而上，遇几处闸口正在向阔大的抚仙湖内排入污水。

我向来不喜欢在文字里谈工作上的事，今日这样唠叨几句，可能也是私心作祟吧。一生喜行走山水，所以，希望所到之处都是澄澈清新，山清水秀中得超然境，能彻骨达髓，抵灵魂本源。

尝有安慰的是，去年计划徒步云南雨崩，女儿大宝电话中只叮嘱一句：“妈妈，你离开雨崩村寨时，请把你几天丢的垃圾一起带出来。”

还是有希望的日子。

二

月初，她爸托朋友把小宝带来了成都，没想到，只给三天时间相处就要被带回湖南。

我的小宝已长成半大姑娘了，九岁的她，已是亭亭玉立，一头乌黑顺直的长发，只是调皮如小子。

这些年，多少次行在途中时，突然一阵疼痛袭击胸口，总是止步按心轻声呼唤：“宝宝，我的宝宝。”这成了我在外流浪时频率最高的一个动作。

因与宝宝聚少离多之故，所以，全然不像对大宝小时苛刻严厉的教育方式，基本是她要怎样就怎样。与她相聚一起时，见她上学累了，我会亲自向老师请假让她在外玩几天；家庭作业一多，我会亲自帮她做。对她的溺宠，曾引起过我家人的公愤。

还是那样爱买书，还是喜欢边走边看；抱着我睡时，梦中，还是伸手就能准确捏住我的耳垂，然后揉搓到天明；而我还是喜欢伏在她身旁看她熟睡中的模样。

她的到来，也惊动了绵阳的父母与弟媳侄儿，一起都赶来了成都，陪着父母孩子一起游了都江堰和寓所旁边的浣花溪。两天后他们离开成都，我陪宝宝去了永川野生动物园，去了茶山竹海，去了重庆一处幽静的古镇，去了洋人街。那竹海与古镇之清幽，宝宝不太爱，孩子没有经历，还不需思考人生。这些地方安步静思，是我们的事，宝宝喜热闹的洋人街。

第二天上午赶到重庆把她交到了那位朋友手里，俯身与她重复："妈妈在外努力工作，宝宝在家努力学习，我们不哭，一起加油！"然后与她击掌一声。

看着孩子背着包过了安检处，渐隐于人群时，我在外面一声高叫："猫猫，回来。"她闪电般折身跑回，到我身旁。我在她包里塞了一些钱，长长地亲了她一下，她反过来又把一个深深的吻盖在我嘴上，然后被那朋友牵走了，其间只回头望我一次。我站在那许久许久，至泪奔。

一个小时后，她用那朋友手机发来短信："再见！妈妈。5555"

我问心宝"5555"是什么意思，她回答："是她的哭声。"

我们母女，坚持到分别后，终还是哭了。

我后来回到家乡见到那位朋友，她说那天她在火车上哭了许久。

前天，弟媳电话里谈完别的事后，突兀地加了一句："大姐，妈妈听说你送走了猫猫，知你心里难受，说这些年，你很不容易。妈妈流泪了。"

从小到大，我一直认为我的母亲是不疼我的。

突然想起，我的大宝是不是也如我这感觉：我的妈妈不疼我，只疼我妹妹。

刚刚，她在线上急问：“你都到了巢湖，就不能抽出一天时间来杭州看看我吗？”

要去，要去的。并且，得知巢湖离杭州不远，此刻，我心花怒放起来，为即将能见到一直很独立优秀的她。

三

上周日早晨，抱着周汝昌的《谁知脂砚是湘云》看了几页就放下了。这些日子积攒了些忧烦与劳累，感觉需得借助某些气场来救赎又已负重不堪的心了。于是，放下书，直奔昭觉寺，想在大雄宝殿前的那棵千年黄桷树下坐坐。

正值午餐时分，犹豫了会，没有进点菜制的素餐厅，也顺着队伍端着一小碗饭、一小碗菜到了大膳堂，几百位居士正在那用餐，放眼，多是公公婆婆。

我终于有些拘束地坐在了一处空位上，左边是一位八九十岁的老奶奶，右边是一位年轻的女居士，清瘦的脸，一双大而清澈的眼睛，粗糙地挽着一个发髻，一身俭朴的衣裳，身旁放着一个居士专用的黄布袋。

我与她相视一笑，各自低头进餐。

后来聊了起来，她说她皈依不久，她说她性格太急躁，孩子也继承了这性格，她担心这样下去有危险，于是听从朋友传授，开始信佛，修身养性，挽救自己也挽救孩子。她说她们一家三口从乡下来，她踩三轮接客，她老公做苦力，送水工。

我望着她清澈的大眼睛，认真听她说。她说话时掉了一粒饭在桌上，见她迅即捡起放进碗内吃了下去；左边老奶奶还余半碗菜吃不了了，她叫我替她端过来，她倒进自己碗里，吃了下去；一位年轻的姑娘端着半碗饭从她身边走过，像是要去倒掉，被她叫住：“妹妹，你是不是吃不下了？给我吧。”那姑娘把饭给了她，红着脸说：“对不起，我今后少打点饭，不再浪费了。”

她这些行为她可能自己都不知，已不亚于一部经论带给周围的灌顶之慧。

我与她出来时，她孩子般的望着我：“我会撑死，呵呵，浪费实在可惜啊。”说着，她拍了下自己仍然扁瘦的腹部。与她边聊边行中，一枚叶飘落在甬道上，她弯腰捡起，放入裤袋中，那是一种无意识的动作，自然到我几乎没反应过来。

下午一点半，黄桷树下，几百居士又穿上海青，站成排，跟着导唱的师父开始唱经诵佛了。我先前来时，压根没想到周日昭觉寺会有这样宏大的场面。

我坐在千年黄桷树下，踩三轮的她早已穿上海青融入了队列。巨大的队列转过我身边，那如天籁的经声一下冲走了我七魂六魄里沉重的哀痛和忧烦。

我找不到她了，却看到转过我身边的那一张张虔诚端庄的脸上，多有泪花点点，一颗颗灵魂重聚在一声声绝尘清音里。为爱，为苦难，为经过的和正在与即将经过的，忏悔，感恩，祝福！

若幸福是一本必过九九八十一难而得的真经，那么，苦就苦吧，泪就坦然地流吧。这一圈圈转着的心，又有哪一颗没经风霜咬过?

人间，若是差了这一色，笑容或许就显单调了。

四

前些日子，大宝在电话里说她每天就是两件旗袍对换着穿，她不会再买新衣了，之前一大柜的衣服也要一起捐出去。化妆品就是一瓶大宝SOD蜜。我听了，很吃惊，女儿许多方面几乎与我是同步的。

这些年流浪以来，可能是对生命形态的本质有了一些浅薄的体悟，我已对穿着打扮无半点兴趣了。每天上班就是一黑一白两件速干T恤，两条补了又补的野游裤对换着穿。

这与爱美没有矛盾。

那天下班，转过一家叫“棉麻衣”的店时，服饰的风格吸引住了我目光，见其绣工走针细巧，样式古风雅韵，看中一件孤零零挂在里间的秋装，质地考究的纯麻材质，宽松长袍状，浅柔的土黄色，乍一望去，还真像居士们诵经时穿的海青。但领口袖口的包边，与衣尾沿圈的褶皱处理相当见功力，若是配上一双棕黄色或纯黑色广口短筒马靴，背一个我现在天天背着的双肩黑皮软包，散开发披在肩上，能出一种古华暗逸、质朴高贵之感，但这，只能走在都市里。

店主说，它从去年秋天等你到现在，终于等来了你。那么，注定是我的。于是买下了。接过衣服，却没带钱，只好放下，说明天再来拿。

第二天来拿时，又带走了一套。上装黑色无袖立领布褂，出彩处在对襟的红布辫扣上。下装是一条松而不肥的大红棉麻裤，左腿上是手工绣的一尾凤凰花盘在上下，别几颗流苏点缀其间，裤角包的是黑色宽边，与上装遥相呼应。盘上头发，走动起来，端庄典雅，却也流光溢彩。

若是穿上它们进公司，那叫不敢想象。

我只是把它们当作艺术品带回了房间，挂着，如阅书赏画，或触摸一个遥远背影般。

后来一起送人了。

就爱这样与日子打着结，又解着结，构筑着，和解着。

五

昨下班前，接到加莫措上师的电话，很意外。

他带着弟子们云游去后，一别有月了，因琐事繁多，一直没致个问候与他，是有愧的。电话里，他说从青海的寺院里，给我带来了唐卡。

今晚，约请上师去藏族餐厅就餐，为他接风洗尘。还是明亮纯净的诺珠开车，只是多了一对刚从美国回来的周女士母女。席间，得知他们一行转了天津、五台山、普陀，然后青海。

周女士十一岁的女儿楚云非同一般的灵慧，三岁随母在加莫措上师座前皈依佛门，大套大套的佛理震惊四座，为剖析菩提心，地藏菩萨那句“地狱不空，誓不成佛”由她嘴里讲出，几近空谷回音，直达亘古元初。

而更见稚真处尤为令人忍俊不禁：“阿姨，你们都说我聪明，优秀，我在我班上，那些美国孩子都赶不上我，嫉妒我，这些都得益于上师的传授，佛法的加持。”

我真的没想到今天还能碰上这么一位特别的宝贝，更没想到，大洋彼岸，还有上师的弟子如此精进着。离席时，我与这位小宝贝已相互爱上了，她把我的QQ号要了去。

只是，想与她用英语交流锻炼下，结果第一句出来，就被她一个音一个音地纠正了好半天。为了不耽误大家的交谈，我只好作罢。

接过上师递过来的真唐卡，感佩莫名。真是没想到他把我这一句随口说出的话一直牢记在心，特意从青海为我带来了它。

事实上，诺珠开车送我回窝后，我到现在都没有打开它，一圈白纸包着，卷成轴状，放在柜上，想选个阳光明媚的日子，郑重打开。

一个多月来，连日阴雨，与小宝分别后，今日，我才温暖开怀地笑起来。

六

写到这里，已至凌晨两点了，抬头，冰箱上花瓶里的五株富贵竹，静静绿在沉默辽阔的夜里。突然想起川端康成的那句“凌晨四点醒来，遇海棠花未眠”。

我们相互凝视着，心，渐渐湿润。

想起当初，它们刚来这个窝时，虽是一天一次换着水，但不久，像它们的前任一样，就开始枯黄，萎缩。我真个是失去了耐心，于是，丢在那，再也不管它们了，上我的班，出我的差。

直到有一天，惊奇地发现枯黄了的它们开始长出新叶，底部有根须在顽强生出来，一天一天，它们越来越青翠，剥掉那些枯叶，挺直的杆上头，举着昂首向上的绿。

我为自己当初对它们的放弃很羞愧。

之后，纵使月余不换水，瓶中也是清澈如许，难道，撑过了八十一道生死难后，立足稳实，生命顽强到可以这样自洁拒污，悠然焕彩?

千千，或许，我们也如它?

2012年7月22日于成都

晤斑竹泪

写在前面：

写下这个题目时，突然想起几年前我的一篇君山游记里，为此斑竹泪重笔抒怀过，没想，长沙湘江边，再遇湘夫人，再晤斑竹泪。

上官明珠，湖南省古琴协会主席，著名古琴表演艺术家。

虽早有耳闻她如穿越之女，但去年年底，与她在长沙一家茶艺会所初见之时，仍惊为天人，古典优雅、美丽绝伦至难以述达。

她是公认的湘夫人，一生琴为心魂。听了她一堂古琴讲座，见她动情处，泪盈秀目，婉婉拭之样，犹怜之深。

与她似有天缘，初面时，人满室，偶尔几句古风古韵交流后，她觉与我有种说不出的缘，想收为弟子，但菊正流云东西，未敢应之。

现在，菊背着几包石头从云水山崖回长沙休整已有数日。今午间，与友小聚茶楼。细雨敲窗，茶韵款款，说起我的古琴将马上来到长沙寓所，自然顺着就谈起了上官老师，友是她早年弟子，于是电话与她约好禅茶室见。

我们几位驱车已先至，案头备好了紫砂茶盘，我想用素诚之心为几位仙友泡壶古茶。

上官老师进门时，真如一只古曲袅婷而入，再次领略她的秀口琴心，七根弦上，走动的都是她一生的魂魄深情。

光洁如秋月的脸上，一双清水秀眸，因禅茶室只置一台古筝，没想上官老师谈至兴起，走过去，虽没戴筝甲，一筝高山流水，让几人已不知今夕何夕。

菊趁良机想得名师指点一二，也上前为众人抚了一曲，得她良善颔首，为其中欠韵细缝慢补。

想是与她缘深，众人虽环之左右，却感觉处处她多关注于我，消夜时，执意要与我相携而行。她是大师，是名人，故让菊有些受宠若惊，却也感动莫名，更是知道，那眉黛含烟处，与我有共鸣之隐。

她已逾不惑，仍妙美如二八仙子，一生未婚。其洁其净感觉红尘与她已无太多干系，她的日子一如一幅简约水墨。

但今晚，是我说了几句什么话叩动了她吗？她望着我，说起湘夫人，说起舜，她说此间红尘如何能有及他者？

我才知，追者如云，但她，这位再生的湘夫人，一直为她的舜帝在做忘世般守候。

她说他一直未来，可能是她还没修好，她说她会继续修下去，这一生，下一世，要等到他来。这自然是让人有说她入戏太深，她说红尘俗心如何能理解深知这份挚情？

清婉丽音，言及此处顿止。她落了一颗泪，望着我。

那刻，我疼得坐不稳。我说我懂。

无须理解，无须解释于俗尘，月光湘水陪她，她只为他坚守，交给人间一份至上之美，至沉之义。

菊不知到底会不会有日与她成段师徒良缘，但今夜的我还是未敢承应。目前一部《流云带走了我》的书约在手，我的野茶还在崖边，而远方云水又已在日夜呼唤了，所以，已属流云的菊，对这七根古弦，大师面前，不敢承诺。这是尊重，是心爱至肃穆。

她把说起舜帝时的一双秀目给了我一会，我也望着她，一个“等”字掩于彼此目中心内。

但，今晚湘夫人的一颗斑竹泪，让我夜不能寐，故端坐屏前，落此下面长短行，存念。

窗外，湘水载月，默默步去声。

再晤斑竹泪

——给湘夫人，古琴演奏艺术家上官明珠

风色染柳，款待破古逐今的浪
天空了心
替他记住一湖洞庭泠泠如泣音
故事隔在关山外
马蹄声正穿越千江月
无法辞退前尘
也不打算安落于斯
听任驰速而去的光阴水面
脚印被动在省略
而青萍之末，有弦音细如远天
恰如你眉尾那粒朱砂
是悬垂一生的伫望，是泪化石
是湘水在疼，是他必来的信号
没有什么伟大大过这场等待

尘间种种，也难以企及这颗泪的意义

为此，你把晨昏简约成

十指拢弦，横波处

风过满山斑竹

哪一天，哪座上苍终会搬走山高水长

渺渺洞庭

送来一叶扁舟

送来你的爱人

2013年5月27日于长沙

酒桌上有这样一个兵

他就只差捏碎我的手了，一双眼睛噙着血样的红，酒精真可以壮胆，当下的场景更是证实了这一点。

“姐，你无论如何要写写我，要写写我，我苦啊！”他含混不清地一个字一个字说着，望着我。

这是一家比较高档的酒店，在座的很有几位是商界较为成功的友人，而他是友人的朋友，一个从西藏退伍了几年的老兵连长。刚开始他一个劲叫我妹子，后来才知小我几岁，改口称姐。

对当兵的，我有一种骨子里的亲近与尊敬。

大家酒后天南地北谈着聊着，由于身体原因我没沾酒，那刻大有一种世人皆醉我独醒的风范。众人就不知怎么侃起了我，除了工作，闲时看看书，摆弄几个文字，背包寻山问水，追日逐云。他们总是以一种钦羡的神情投向我，而要让他们偷得浮生半日闲似大不可能。

这位可爱的连长盯上我是因为听到我说明年要去西藏，“西藏”两字一下让他的目迷离飘远，随后，在酒精的作用下他不能自已。

我轻轻掰开他的手，附和着他：“行，兄弟，我们听你说你的苦，你说吧。”

这刻的他像极一位童真的孩子，我们随着他有些结巴了的句子，回到了冰天雪地的西藏边防。

他先说起的是他的爱情。

那时，他还是一个大兵，网上认识了一位美丽的女孩子，他们相爱了。他以为对于他来说那只是一个梦。直到有一个冰雪大风天，山下部队战友通知山上的他，说有人找，还是一个女孩子，现已晕过去，在山下部队诊所抢救。他当时没反应过来，本地没女性朋友啊，再说这样鸟雀不至的雪岭之上，哪有什么女人？

但他还是骑马下山了，等他见到那个梦里的女孩时，他惊愣之后便抱着还在昏迷中的她抽泣起来。是他梦中的姑娘千里迢迢走来了他的身边。她苏醒了，就此留了下来，一个月后，在部队首长的安排下举行了简朴而浪漫的婚礼。

这是一个美丽动人的爱情故事，他这么诉说着，我仿佛看到雪莲花朵朵盛开在天边。随后，他的泪一颗一颗，坠地有声。

天磨有情人，一年后，他们的宝贝降生了，而那些幸福与甜蜜才刚开始，就成了凝结在他眉睫上的一抹永远锥心的疼。他心爱的姑娘在暴发的一场疾病中突然死去，永远留在了那片高洁晶莹的雪山之巅。

“她没有跟着我过一天好日子啊，我对不起她，对不起……”鸦雀无声，众人的眼睛都红了，不是酒精的作用。

我对他说，西藏本是人间净土，只有她那样至真至纯的女人才可以配做雪山仙子。

他相信地望着我，沉吟了下，孩子似的抹了一把泪。

“她留在了那里，后来，我本也应长眠在她身边的，是我的战友推了我一把。我的十二位战友啊，你要写写他们，姐，替我写写他们。”他又激动起来。

朋友拍了拍他的肩，我递过去一杯茶，叫了他一声：“兄弟，慢慢说，我们都在听。”

已是连长的他，带着战友们骑着马在雪山上执行一项测量任务，最后一组数字还没传递完，天崩地裂，发生了雪崩。顷刻间，几位战友被埋在了里面，他还没反应过来，身后一掌击来：“连长，快跑啊！”

这一声拼尽全力的喊永远定格在连长一辈子的耳边。这是一位十九岁的小战士，那一掌救了这位连长的命，而这位小战士与其他十一名战友埋在了里面。

“你们想象不到，那是一种怎样的绝望与疯狂，那一刻没想到悲伤。一瞬间，十二条鲜活的生命，刚刚还一起谈笑的战友就那么踪影全无了。”他的眼通红。

等活着的战士们反应过来时，十二条生命已静静埋在雪山深处了。他们用十指挖啊，扒啊，野兽般的号叫着，一条条血迹，一道道泪痕，谁也没停止，直到救援部队赶上来，才拖开已机械般在雪堆里不停扒着的他们。

他已泣不成声，我也泪流满面，突然，他端起一杯酒，仰天一声大叫，撕心裂肺：“老婆，我的战友们，我想你们哪！”

有友起身，抱住了他。

他后来退伍了，精心带大了儿子。现在六岁的孩子就已上小学三年级了，是不是那位成了雪山仙子的妈妈在暗中照管？我愿与诸位深信不疑。

那位一掌把生的希望留予了他的小战士，成了他一辈子的供奉，小战友的父母也就成了连长的父母，他一直赡养至终老。尽管这样了，他的心想到他们就疼，就苦，那种怀念刻骨铭心。

我们扶他坐了下来，虽是很在状态了，但依然看得出军人挺拔的风姿。此时我在想，明年如果身体能去得成西藏，朝圣当另有一层含义了。

亲爱的连长，我一定把你今天的泪、今天的仰天疼啸，带去给那长眠雪山、你日夜想念的人。

酒桌上能有这样一个兵，让我们很意外地看到庸俗日子里能有这样传奇的人和他圣洁的疼痛，这不是他求我写不写的事，而是我如何感谢他的事。

他说他想为我们唱首歌，一首《老班长》，歌声很美，唱得深情。我们知道，他不是为我们在唱。

我们听着他的歌声，感受他鞠来的这捧高山之雪，浣洗魂灵……

2007年12月18日于深圳

真诚的声音

这些天顶着烈日，出差在外。可以不出差的，但为了予下属些力量，也为了亲临市场现况而调整运作方案，故拖着疲倦的身体南下北上了些天。

前些天，深圳旭光哥哥线上突然丢来一句：“国庆节，我组织了圈内朋友去尼泊尔，半个月左右，其中安排了五天的徒步线路，你参加否？”

前些年春节在老家相聚时，我就对他说过渴望随哥哥那一帮资深驴友去行走一程，可惜，又要错过这次机会，请不到假。

今年稻城亚丁的徒步穿越，也基本泡汤，除非辞职，而想辞目前也辞不掉。

有时心转不通时，很郁闷。

昨晚在眉山岷江江畔用完晚餐后，竟已没力气望天望水与苏子意会几句了，他的故乡，我这个弄几个文字的人竟以这样的状态坐餐至晚上九点多钟，然后，开车奔回成都。

生活，必以生计为重的吧？

今天周日，可能真的累了，醒得很迟，闭着眼睛，对周围了无兴趣。

潜意识里抗拒着打开电脑，但还是打开了，一些私信积在了博客。

文字，到底是可以让我瞬间高出红尘，做一时庄子无忧游，只当世间已百年。

“是姐姐么，只是喜欢，喜欢，喜欢与你亲近，冒昧唐突么，希望不会，你可以听到我的心真诚的声音。”一位署名“昌黎”的来信。

干瘪无趣的心那刻一下被什么击中，就像走在干涸的荒漠里，突然吹来一阵滤过青草后的湿润的风，细细渗入脏腑，一下眉清目爽，满心甜润，因为她用的这个词：真诚的声音。

这些年因为文字，我收获了一些良诚的关爱，真挚的友谊。有些信件我虽没回，但内心是铭记着的；有些朋友我虽似淡远了，但关注从未离去。

也有一些热情的朋友因为喜欢我这些清贫的文字，一次次发来加为好友的请求，一般情况下我都不做回应，是因为来过，就是朋友了，无所谓这样繁复。因我的文字基本没有设置，任何人都可以随时进来阅评。

其实我有许多挚友一直不在我好友栏里。另外，在文字里，我主观上是没有也不敢有任何名利想法的，就只是从小喜欢用它来记录我看到悟到的世界，把它当成珍惜自己生命与感恩人间的一种方式，所以人气于我是无太多干系的。

来与不来，喜欢不喜欢，自然是随缘了。

私信与评论中，如果不属于文字交流范畴的东西出现，对方的博不属于我有兴趣的，我一般直接拉进黑名单。再者，如果评论中属于象征性应付支持一类的，我一般也会直接删除，不希望在我文章后有任何非真诚交流的东西在上面。

这属于个性也好，属于缺点也罢，虽然我尊敬的鲁人老师曾为此严厉批评过我，说我有太过孤傲之嫌，但我依然故我，并且还建议尊师也效仿我，删掉博里那些一长串叠得山一样高的支持群发的那些东东。

不真诚的物事，我想我有必要拒绝。尊师后来也就包容了学生这个骨子里生就的性格，可能还是我修为不到之故吧，实无法。

对于喜欢自己文字的朋友，我想没有一个书写者不心生感动的，字从心出，熙来攘往的尘世里，能遇到懂自己心的人，是多么不易，多么值得珍惜。

今晨，因为昌黎的这条私信，她的喜欢，她真诚的声音，其实给了我疲惫厌倦的心一个多么大的抚慰与鼓励，虽然她不知。

其实一直以来，博客私信里，我收到过许多像这样真诚的声音，这些陌生朋友真诚的欣赏与喜爱都是让我在文字里安静行走至今的动力。而当初的他们许多也成了我后来的文字挚友。

随后，我去到她的博里，看了她一些文章，更是感受到夏日清凉的舒适，很奇怪，照理说她这样的文字我应该早就注意到了的，居然到现在才识得。

她应是一位善感多思、温良如玉的女子，安静淡泊，在自己一方素净的天地里，尽量报予上苍以寂寞的芬芳。

她写散文。

散文对于文字的处理是相当讲究且不动声色的，段落的起承转合，需自然流水，不可做作生硬，形散意敛表现在文字高超的收放中。所以一篇好的散文很考量书写者的文字功底，全文有一根线在明暗中连接着首尾，是谓形散而神不散。散淡的叙述中，其实都让阅者在同悲同乐、同喜同忧的共鸣里，自悟或同感精妙质朴的人生奥义。

她淡淡的文字，很见功底，就更不用说文字的内容是怎样的质朴而美好了。因为真诚，所以动人。这是一个很值得去关注的博客，愿与看到我这篇文字的朋友能分享她文字的芬芳。

所以，此刻的我，在她真诚的声音与文字里，沉静了下来，卸下了厌倦沉郁，重归安和，静然接受着周遭。

于是，在她的近作《冷水仙》里我留了一言：“如果可以，文字自是世间一汪清水，于此间，我们自省自悟，观照净心，借以坚守住生命的厚重与温暖。”

2012年5月20日于临屏

暖玉生烟

许是知道自个身子远没意志硬朗，亦有可能那座雪山早已落座于心之故，这样的天里，我没有去期待一场洋洋洒洒的大雪到来。

但窗外还是有了雪声，于是，异乡之夜拥衾捧书，因念乡而清冷，因清冷而生的孤独抵在了胸口，但我是爱它的。

回忆自是如床边紫玉金砂杯里的茶香，袅袅浮起，犹如望见远方那座大朵阳光下的雪山正气雾离离，它们给了“孤独”一词在我心里最准确的动态形状：暖玉生烟。

这样，旅路中的温暖总比忧伤长了。

念起孤独，忆起不久前与论语兄弟、草儿在如兰大姐家的小聚上，大姐用“丰富”一词来形容它。

第一次去大姐家是去年初夏，上京校稿，同时正处于大宝要休学出国去义工一年的恼火中，草儿因病缺席，大姐带着我和大宝还有论语，走进了她的家门。

进门便闻芝兰生香，一室古风雅韵。宽敞的厅堂洁净得可以听到流年一步一步的足音。

一张古琴一管箫，依在壁间，琴瑟和鸣。六十多岁的如兰大姐抚了一曲，满头银丝下，分明是一张过风过雨后的素容静颜。

最爱她那个由客厅阳台改造成的日式茶榻，唐风习习，宋韵款款。顶上吊一盆小幽兰，脆生生睁着眼，惹人万千怜爱。记得大宝用近景拍下了它，茶榻瞬间被我闪出一个名儿：暖阁。

厅另一头的几个博古架上，陈列皆为珍品尤物。细微处，尽见匠心独运，兰心蕙质。过廊上，挂着一道珠红垂纱门帘，闲风荡来，曾经的豆蔻华年便忽隐忽现了。

内房四围架上几乎全是书，当大宝得知那大多并非收藏，而是他们夫妇几十年里自个儿出版的书时，她那用文静包裹的小狂小傲一下矮去大截。

大姐的老伴还被留在异地高校任教，她的孩儿因工作住在北京另一处，她独自守着这所大房，打扮日子。

我们几个随她上楼，来到她的四季“桃园”，花草蔬菜瓜果满园，论语拿瓢，带着大宝逗弄莲池里的小鱼去了，他因常来，样子俨然与它们故交一般，那刻“子是鱼”。

园子里，面对大宝，我与大姐同感同慨：近边天涯，在心，不在物。大宝眉眼处有了反应，后再没提及休学云游，安安静静读书去了。

那天的阳光没有六月的燥热，清风徐徐里，大姐又念叨起为草儿作画备留的枯莲，忧心她的病。几个人瓜藤架下坐聊半晌，摘下几条苦瓜，下楼准备晚餐。

为我的到来，大姐特意给每道菜取了一个浪漫诗意的名字，至今想来尤为感动。她说菊女是写诗的，唯美。我们就这样诗意了一顿细致秀美的晚宴。

告别时，夜色满室。

这之后，一直是念的，博上偶尔探访，欣喜着她瓣瓣清欢：小花开了，桃园又结小瓜小果了。后令我惊叹不已的是，大姐爱上了手工活，用旧衣旧裤裁剪的趣味布袋挂饰一件一件发在博上，精巧别致。

三周前，纯粹为了工作，被安排赴京赶了一个所谓某界高峰论坛的场，四天峰会完后，有种出逃成功感。特别滞留了一天去看望大姐，这次，大宝缺席，我与草儿、论语三人倒是齐了。

没有了满室洁净，倒见些微零乱，后才知大姐爱人要退休回来，一摞摞的书正不断往家运来，来不及收拾。我到底是替大姐欣喜的，不久将有人陪她牵手晨昏了。

环眼，满屋都是她一针一线缝制的小布袋小挂件，连卫生间里头，都已成了布艺摆件陈列室。想着一双布满沧桑的手，一个人在这偌大的房子里，该用多少个一天一天、多少遍一针一线才有了它们呵！那是她老花镜片上斑驳琉璃的光阴，是心底的慧，是认真细致的爱，如此，孤独才会生香，才会如此丰盛。

论语兄弟的饭菜做好了，我们四人就简，围着茶几用餐。几口红酒后，智多识广的大姐笑语渐朗，席间，聊起孤独。

孤独于我这样的天涯独行客，已是惯常滋味，是行走的状态，是我仅存的一点高贵，是供养旅路的蛊。大姐则用了丰富一词来形容她的孤独，在她那晚的孤独里，我们如沐在温暖吉祥的光线中。

我与草儿挑了几件布袋揣着，其中一个大布袋还没安拉链。灯已打开，大姐穿针引线，坐在沙发上开始完成最后工序，草儿亮着她哲思的大眼坐着看，论语用小刀在修葫芦皮。我用手机收纳这温馨珍贵的一幕，已是悄悄感动着了。

又至夜色满室时告别。下楼后，暮冬寒风里，身后传来闭门声，大姐又一个人在里头了，里头还有她的爱，她丰盛的孤独。

窗外，雪似乎还在下。回忆拥着紫砂杯里的茶香，清凉且安暖。熄灯。

忽然惊觉今晚已是平安夜。

旧年钟声已远，今夜钟声，是否仍有人儿合掌立于远方那山那雪中？有的吧，你看这雪年年在落。

夜已很深很深，都该安恬入梦了，你也是。

明儿抽空，或可再去买几两毛线，学着如兰大姐，在这样暖玉生烟的夜里，除了书，和着或远或近的回忆，和着深深浅浅的念想，亦可织几行，为你，也为我，温手暖意。

平安！今晚。

2012年12月24日于皖西

缀：谨以此文献给如兰大姐，论语兄弟，草儿；献给所有温暖过我往事的人与事；献给今晚平安钟声里的峨眉圣雪；献给你，我的心和我们的孤独。

平安！近边与天涯。

访萧红的后花园

2012年的哪个季节我居然忘了，记得是去哈尔滨开会，一周时间。

那一周内，我每个晚上都在松花江畔，在中央大街溜达。先前没有想到这座北国城市是如此的美，大气而不失细腻，沧桑中带着希望与暖意，像我心中一位遥望已久的女子，她叫萧红。

有几个黄昏，我都有过念着她的名字，坐在松花江畔的夕阳中，看江水默默流，那样默默的像是要流到远古去。

而中央大街上的闹热繁华，会把你带回今朝，但随处可见的俄式建筑，让你和现实又保持了距离。那两天是书展，满条街上都是书，让我供奉了不少时间。那书是买不完的，诚如这世间的故事是写不完的。它只是让我得知，这个城市，文化气息不是一般的浓厚。

当然，我走在那些大街小巷时，也曾有意无意望来望去，说不定哪扇窗口，哪间弄堂，就出现过萧红单薄的身影。

我是决计会议结束后要在哈尔滨多待一天的，为的是要一个人去萧红的故居，她的后花园坐坐。

班车把我带到了那里，四点多了，快关门了。她家门前大院里有她汉白玉的雕塑，托着书。我望着她，像与一个离别已久的闺密在对视。到底是知道了斯人早已远逝，才对着她纤瘦的身影，鞠躬悼念。

她的故居那时没有人，幽暗寂静，外面阳光灿烂，却没能照得进来。一种阴凉潮湿感是所有故居的共同特点，没有人住的房子，再是如何的繁华与盛名都给它带不来温度了。然而它的存在却是对活着的一部分人有着不同寻常的意义。人的理性若是进化到连缅怀与纪念都不必要的境界了，这人的一点意义，也就被这群理性家折腾光了。

阴冷的氛围里，我揣着一丝害怕一丝怀念，每一个房都走完了。从他们一家的合照和生活用具上，让我看到他们家从前的生活光景。若是没有战乱离别，那样的生活其实也是恬静幸福的。

当我看到后门，立马跨出幽暗的房子，像活命般的深呼吸了几口，正好阳光斜射过来。我定睛一看，原来多大一个园子，这应该就是萧红笔下的后花园了吧。

儿时的萧红不喜欢父母的训斥冷眼，不喜欢祖母屋里压抑的气氛，成天希望随着爷爷来到这后花园，与自由生长的瓜果花草、蜻蜓蜜蜂一起玩，那种舒畅的感觉应该如我刚刚跨出暗屋一般。

我没有立马去走她的后花园，而是坐在后门门槛上，打量着夕阳渐临的这座大园子。

我看到远处草丛中，一处空地上放有一尊祖孙俩的雕塑，祖父的慈爱娇宠、小萧红的顽皮快乐尽在其中。

真好，没有一个人进来打扰我。我就坐在门槛上，久久望，久久思。

我看过她笔下的祖父与后花园，那些精彩的段落就在眼前浮游：“花园里边明晃晃的，红的红，绿的绿，新鲜漂亮。” 一个“明晃晃”的词，把小萧红那时在后花园里自在快乐的心情状得淋漓尽致。此刻，那花园也是明晃晃的，也是红的红，绿的绿，却只有一个我坐在门槛上，心事沉重。

“花开了，就像花睡醒了似的。鸟飞了，就像鸟上天了似的。虫子叫了，就像虫子在说话似的。一切都活了。都有无限的本领，要做什么，就做什么。要怎么样，就怎么样。都是自由的。”这些描写生动传神，可惜她一生都在追求着自由，却依然不能像这些花儿鸟儿虫子们，要做什么就做什么。但她依然要去做，最后以倒下去的姿势永远飞进中国文学史上辉煌也辛酸的那一章。

她问祖父：“为什么樱桃树不开花？” 祖父说她：“因为你嘴馋，它就不开花。”

“我一听了这话，明明是嘲笑我的话，于是就飞奔着跑到祖父那里，似乎是很生气的样子。等祖父把眼睛一抬，他用了完全没有恶意的眼睛一看我，我立刻就笑了。而且是笑了半天的工夫才能够止住，不知哪里来了那许多的高兴。”这快乐的天堂里，她的伙伴只有七十多岁的老祖父，他给了她那许多的高兴。祖父与这座后花园像一束阳光，照暖了小萧红的寂寞和孤独，给了她后来才知道的人世间的自由、温暖和爱，并且，这温暖贯穿了萧红的一生。

那段日子怕也是萧红一生仅有的“明晃晃”的日子。

我看过许多写萧红的文章，北京枯荷的一篇让我十分动容。她说一个人一生都有基调，萧红“无论多么凄怆的冷，都是遮掩不住的暖”。温暖是萧红的底色。

我是认同的。一个异乡接一个异乡，多少逃亡与饥饿，多少困苦与不幸，她都在写着，在抒发与希望着。在爱与自由的路上，她飞蛾扑火般一场接一场地绚烂，熄灭，绚烂，直到如后羿般血枯泪尽，倒在离她故乡最遥远的南方大海边。

她最后还是想回到自己躲避厌恶了一生的家，却已无法回了。她追逐了一生，可能最后发现，只有她童年那个后花园和后花园里的祖父，才是完全属于过她的一点温暖、爱与自由。

我继续坐着，想着，想起自己的奶奶，想起我一生的坎坷波折、颠沛流离，目光渐起雾状。

与她一样，我们都有一个给我们注入温暖底色的祖辈，让我们一生都在希望和爱中前行着。万变的人间，没有一场伤痛让我们停止过希望，没有一个伤害我们的人可以让我们去痛恨良久，那仅存的一点力量都用在了启程上。

彼时，一个孤独流浪的我正坐在她后花园的门槛上，那种感受可能不仅只是停在回忆她的文字里了。

我站起身，往园子里走去。

我忽然很渴望去挨着他们祖孙俩的塑像坐坐，去看看她念念不忘的那些倭瓜黄瓜、花儿虫儿。

我总是对各色的花叫不出名字，却是欢喜的，如亲朋般，要致问候的。更何况，如果哪一朵恰好是她的魂灵呢？这样想起，我有时就与其中哪朵长时间地注视交流起来，那么，那花就真是她了。

她终是回来了的，她本属于东北的原野，属于东北的农家院落，属于这座后花园。

2016年3月19日于安乡

第四折

青丝落成言

青丝落成言

几日前一个晚上，洗发后，心宝坚持拿一把吹风，站在阳台上为我吹干了一头湿发。第二天早晨收拾卫生时，见我坐过处厚厚一层青丝，把他着实吓了一跳。

其实，每日里晨起，地上都会有一层发。好像哪里见过谁说起，那些落下的发都是前生未了的结。

我很欢喜这个比喻。女人嘛，总归呆的多，爱用想象喂活一点日子。

如何处置它们？自我看到那个比喻后，就成了一件苦事。我原是懒人一枚，自然是不会日日从地上一根一根捡起，再用红绸裹住它们，最后收进香囊束之香匣。

但此后再把它们丢进垃圾袋时，心总会无端生起疼意、愧意，或怔一会——那到底是些什么未了的结呢？这一趟一趟的凌波红尘，原是还这落下的一根一根青丝之债？

那一定是些痛出了美艳的前尘吧？

那晚他捧着我双颊，用尽心力说：“你为什么就是长不大？几十岁的人了，一直没有活在尘世！”

这爱恨交织的语气里，有着漫过夜色的疼。

说我长不大的人不止他一个，身边的亲人，包括在英国游学的女儿，还有多年的挚友。在他们眼里，我似是与这世上许多的不合调。

我自然是不承认的，更不自知。这后来，说的人越来越多、越来越多后，我还真在一些很清凉的深夜，常常忆起那年冬天，六虎山庄桃林里仅剩的一朵桃花，端立在苍苍天色下，寒风满枝，瑟瑟地开。

这不合季节的绽放，就成了天底下的特立独行，成了出离尘世的孤独。我却看到它的目有远天才能阅懂的笑意，那是一种笃定。而就是这寒风里柔弱的笃定，把我当时的心疼折了几寸。我在它面前站了足足一小时多，后被娟她们拉走了。

也忆起前几年陪洗心禅寺首座妙华大师及几位师兄去梵净山朝山，上到山顶时，已是冰雪狂逐。师父与我们一起，在恶劣的天气里艰难前行。一块悬石下歇息时，突然看到一朵小黄菊贴在绝壁上，娇艳缩瑟在冰雪里。

那时，弱弱小小的它不亚于一道强光，刺破阴霾。

我是流了泪的吧，被冰雨瞬间覆盖，没人见到。但，唯师父他应在我不顾雨不顾雪立在那久久仰望它的背影中知悉了一点什么。

那次梵净山之旅，师父赐了我一个名字——珠珠，还特意注释了下，宝珠的珠。在他心里，估计菊应是这世上仅存不多的一个痴人了。但一个“珠”字，倒让我见到了佛光的智慧和温情。

于是，那朵冬天的桃花也好，冰雪绝壁上的小野菊也罢，想是自有它们坚忍绽放的理由，亦是如这落下的青丝，一些前生未了的结而成此相守相望之因？

这自然是不必弄清的答案。故，你也不必问我为何与它们久久痴痴泪眼相对。

或者，这根本不叫悲伤。

但这日日断落的青丝多了我平常日子里许多念转，举手投足间，总会生起一些似有若悟。它们从我体上剥落，就如某个才从耳畔撤走的呼唤。

如何安之的好？你肯定不会告诉我。

大凡两种选择吧，无论如何的结，在静如水的疼意中，望或忘。

2013年12月7日于长沙崖边野庐

我可以老去了吗

那天大雪，丢了一则消息在博上，说是晚上抱瓶酒一个人去淋雪，那晚过后再填内容。一晃多日已毕，再不填，便是我自己都要以为自己被雪葬了。雪葬其实是件美好的事，如果你在身侧。

那曾是你向往的与她相拥归去的方式。

实则那晚被雪葬的是那瓶酒。裹着头巾，我一个人在昏黄街灯中，淋着飞雪走了许久，几朵入了手心，几朵进了眼眶，就回了。

冷诗两节，没结尾，昏昏睡去。

却还活在这时，奈何！

草那天见我晚上一个人去淋雪，QQ上留下担心："姐姐，忘记那些让你不开心的人和事吧，我知道你的心像白雪一般。"

淋雪必与往事有关吗？聪慧善良的草，不枉我疼她几年。我没有回复她，默默坐了会，默默。

在这回复你："妹妹，没有辜负我的人，只有被我辜负的前生。"

那么，就必定有这一世的经过，轮回日月，我将倾一生血泪还之，不怨不悔。

就别再问，几滴清凉之水，支向谁边。

那半首诗找了几天没找到，无法续了。今晨进办公室，见开水不热，桌椅没擦，出去探询，空空荡荡。值班的崔主任说，今天周末，都休息呀。

真的该老去了吗？如果哪天你到我面前，我已认不出，你就搀着我去淋一场雪，那瓶被雪葬的酒，应会为你醒来。

下午，捧着周作人的散文，靠在透窗的阳光里，想分散些恍惚，不料随意拈开，正好是他在细细絮说他绍兴老家的花雕。老黄酒的味道一下溢满这个下午，我只好在房间里来回走，不知以怎样心情来收拾这一屋子陈年旧香。

终是安静坐下了。空空地坐在冬日阳光里。

想起丰子恺、夏丏尊眼里的弘一大师：这个老人坐在花园里，阳光照在他身上。“问余何适，廓尔忘言。花枝春满，天心月圆。”

多好，忘言时，月已圆。从必然王国终至自由王国。

这刻，阳光安静，我可以老去了吗？如果你允许。

那晚的雪打在脸上时，我实有过瞬间忆起，似又行在深夜那条空中悬崖山道上，冰雪打着车窗，稍一恍惚，人车即坠落深渊。但又怎样呢？你与我相视一笑，握手已做理会。

故，倾我一生血泪，还予被我辜负的前生。

这刻你应理解了陷在山谷那晚，雨雪冰雹中，她是如何要固执随行了吗？携手抵心而眠归，人间极致之福。

那晚荒凉寂冷的山谷，寒月下，你的眼里委实盛满了幸福。整个人间那晚都在幸福中，因为一个安然陪君赴死的女子。

瞧！人说已靠回忆养着光阴，应是在向老而去。

若与你此时对面，我亦是忘言之态，或许有泪，近似月圆。

窗外积雪拼着阳光，正泪流满面，一树树老枝因此死而未敢僵。那么，如果已尽，让它老去；如果未了，来年枝头，继续人间。

若不是这般，你说，还能哪般？

2012年12月30日于周日下午的阳光里　皖西

陪你醒来

——沱江梦醒时分

坐在黎明还远在途中的露台上时，几乎可以肯定此刻我是从一个梦境涉至另一处梦境了。

这刻的夜，黑得不致墨色。露台下的沱江，雾是静止的，山色、树影、丛间晕黄的街灯，似有若无之状呵，一切变得不忍让人碰触。

我能听到四围有露水一点一滴落下，却无从寻声。

对岸的山影，伫立成汉子般的沉稳与刚柔，有些熟悉的安定。

江面上那些烟色的雾，让我用什么形容与描述呢？只用比夜还静的心柔柔款款上下轻抚着它。

我是羡慕它的，我愿意想象成那是近岸的山守护着恋人的梦，一缕轻纱？一床薄絮？不，目光吧，那样的湿湿的深眸。

烟雾下流动着如何的内容，许多人深想过的，我总习惯了不去探知，就像已不愿忆及刚刚还近在呼吸声旁未曾走远的梦境。只知，它来过。

悬在水上的人家有檐前月白的灯经了层雾过滤，投下，安静地相映相惜。心起了一种温凉的欣喜，我如此怜着灯盏后面，那些尚在沉睡中的姿容，还有听不清的喃喃呢语。

有时听不清，是一种意外的福祉。可惜，很多人去努力听清后才遗憾得知。

一户人家几色彩灯投在水面，破了一江素洁，如一围清浅女子中杂了位红衣绿裤、一脸脂粉的哪家莺燕，这种刺目感此时让我起了包容之心，细细审之，却也有了异样认同：心在某一时，应都会归于伊始之纯。

彩灯亦如此静谧在此刻的夜雾中了。

这样时分，最清晰的是何处虫鸣，必得与这样的梦境相得益彰。

梦有了质感，有触手可及之态。

拢起寒肩，立起身，远处有扫帚声窸窸窣窣响至，探目过去，一名环卫工人，戴着头灯，小径深巷，细细扫来。我孩子般的睁大眼睛，那一刻，决意认定，她（他）是上苍使者，正在替梦清扫浮尘，好让它随了一江透碧，安然归去。

天真的要亮了。

寒意浅了起来，什么时候，鱼白的光影铺满了世界，面前江雾悄没声息在淡去，聚在了很远的不可企及的那头，回到你沉吟的远方，落成远方那些清愁淡绪。

近处远处的树端，鸟儿们打开院门，开始清嗓了。

沱江之梦，已然醒来。

2010年7月20日凌晨五点于沱江水上人家

你从哪里来

他叫阿金，是一名在中国的韩国留学生，当然，如果你去调阅所有高校档案，是绝对找不到他资料的，人间根本没有这个人。

他却在北京一名叫草的女孩子的生命中如太阳般鲜活了一千多个日日夜夜，他与她在一个高于我们人间的特殊空间维度里，演绎了一段刻骨铭心的爱情故事。

这三年多，他带着这个孤弱的、聪灵善思的女孩子在她家中，在古老运河边，在北京安定精神病院一遍遍替她梳理记忆，调整思维，陪同她一点点解构宇宙世界，解构历史、现实与未来。她在他智慧的哲思里，在他宽厚的怀抱里，在他深邃温情的目光里一步步成长，一天天通透明朗，一寸寸暖起来。

他在人间的人们发现不了的异度空间里，忘情却不迷失地爱着她，万千疼怜却不宠溺地护着她，他痛着她的痛，乐着她的乐，他用自己生命的全部换回了这个女子的身心健康与智澈灵透，他让这株娇弱的兰草战胜了附着心深处的顽疾，终于做回了自己，立在了坚实的土壤上，葱郁着，而他自此杳然于无。

那是一种什么样的玄秘之力，从哪里引来这个叫阿金的男子进入她正迷茫无助、意识混乱的脑际间的呢？无限远的上苍为何安排了这样一段真实却离奇如神话的爱情？当草把与他这三年的点滴在屏前，在电话里，在北京冬天的某间茶室里，在我们姐妹抵足共眠的床头，细细切切地诉予我听时，我就在震撼与心疼中，一遍遍这样问天问自己，问到现在，问到此时此刻。

而此刻，除了风依旧在吹，就只有苍茫杳渺的夜了。

这样杳渺的夜里，想着草在我面前噙着泪一次次地倾诉："姐，不管你们相不相信，他确实存在过，与我真切地爱着，我们那样地爱着呵！他教给了我多少闻所未闻的知识，他让我明白了多少见微知著的道理，是他让我长大了。"

所以，目前的草正在以她那三年中一名精神病患者真实的经历，创作一部纪实体小说《飞越疯人院》。我虽然早就知悉其中情形，但还是随着她每天出来的文字一次次笑着，哭着，疼着，不可思议着。

我是相信的，就像我相信泰坦尼克号上那生离死别的爱情，就像我相信那穿透阴阳的"人鬼情未了"，我觉得自己很有福气，那些银幕上虚构的感天动地的爱情故事就真实发生在我朋友的身上。

我起身合上一半窗帘，只露出了半扇夜，咖啡在床头柜上还冒着淡淡热气，一管《我心永恒》的萨克斯风浸弥在四围，阿金修长清俊的身影浮现在遥远的夜空。

草告诉我，那晚，他来到她意识纷杂、自卑无助的生活里时，送了她满天的星，看到这些星星随她脚步进退而进退，草才知道她也可以拥有整个世界的；他让她坐在轮椅里，与残疾病人一起参加了北京市马拉松赛，那一次，他告诉她水遇阻而发声的道理，她因而学会了挫折打击面前，不沉沦，而是去奋起；在精神病院她与医生和药片玩命对抗，苦闷苦撑着犹如铁窗的日子时，他对她说：在一个苦上坚挺，不如在一个笑中重生；风趣幽默、博学多识的阿金逗她千百回地笑，而那些笑话笑过后，寓意深远的长，那是他用心在潜移默化授她以洞明与自信。

三年多的时间，他们说了多少话？留下了多少回忆？

草说，阿金在用生命爱着她，在她被家人送去精神病院的那段日子，她成天在幻觉里为一段宿怨而愤恨着，为某个可以帮她出名的电视节目主持人而痴迷着，她认为是仇家威胁她的家人，把她弄来了精神病院，所以，她抵抗治疗，是阿金劝住了她，他用他幽默风趣的方式开导她、呵护她，配合医生，让她接受治疗。

草有剧烈的药物反应，在医生强行灌下药后，她会全身发烫，发抖，痛不欲生。她疯狂地反抗，阿金流着泪，骂着草，也骂着医生。后来，他悄悄准备了一把刀，草每这样痛苦一次，他就暗暗对着自己的腹部划一刀。他陪着她的痛，草全然不知。后来的某天，草发现了他腹上刀痕累累，他遮掩说是曾经文过身，匆忙用衣想遮上。

草在这里说不下去了，泪从她清澈如深潭的大眼里滚落下来，哽咽着，我的心抽搐般疼。

阿金天天陪着她哄着她，治疗上了正轨，幻觉中的那些仇家、那些杂乱的人与事终于消失了，她清醒了过来，同时，她与阿金的爱情在滋生，在开花。草重新有了生活的激情，在阿金的鼓励下，中央美院出来的草在病人康复室塑了两个人物，代表北京安定医院在全国精神卫生联展中获得一等奖，被国家历史博物馆展出收藏。阿金说："你如此胆色才女，我真不敢见你了。他在幸福着，自豪着。"

草出院了，爱情也在长大，他们终于想突破意识的交流，有了见面的约定。

今年冬天北京某茶室，在能穿透山重水复的铁观音的馥郁里，草对我描述了他们这次见面之趣。为了鼓励她重新热爱绘画，阿金特意选择北京美术馆作为承载这一具有重要纪念意义处。

那天温暖的太阳下，吹着淡爽的风，草坐在美术馆的阶沿上等阿金，一个约一米八的高挑俊雅的身影慢慢向她这边走来。草的心突地跳起来，脸热，呼吸急促，她低下目光，一动不动，余光中，慢慢地，这个影子从她身后走了过去，还在走过去，至不远处。她收到阿金的短信："我是阿金。"草回过去："那你为什么不叫我呢？"阿金说："我紧张，怕。"

我听得哈哈大笑，仿佛看到这对仅只是意识中交流、一直未曾谋面的情侣面红耳赤的窘态，而阿金却因此在我心里真实得有血有肉起来。一个有着真知灼见、智慧深厚的男人，在爱情面前，也是一样紧张得手足无措，由此也看出了他们彼此的珍惜。

那次，他们没有见成，双方还是隐形地存在于彼此的思维意识里交流着，只能听到彼此的声音，知道彼此的思想。后来，他们还是见面了，并且过起了真实的小夫妻生活。每个夕阳时分，他们都会牵着手去运河边散步、思考、辩论，他们也吵架也生气。

不管他们怎样热烈真挚地爱着，不管草在他的哲思妙语里怎样开悟着，优秀着，但于现实里，草还是精神病人，阿金就是她精神病的证据。在属于他们俩的那个空间维度里，他们真实相爱着；而在现实人们的眼里，看不到阿金，草就是在一个人自言自语。

可怜的草妈妈不知为此流过多少泪。阿金看着这些，着急，心疼，他时时刻刻提醒着草吃药，配合着草妈妈的一言一行。

每逼着草吃一次药，阿金的笑容就会深一寸，而他的心也会如他腹上的刀痕，越来越隐隐作痛。他清楚地知道，他与草在一起的时间不多了。

在他智慧幽默的见解与卓识中，在他的爱与疼怜中，草褪去了迷茫自卑、浮躁虚荣，她清明地笑着，越来越淡定自信。

某天的一个深夜，阿金在房间里来来回回走，他的眼睛里时时有雾一样的东西潮着，终于，他捧起药片坐到她床边，他吻了草，许久地望着她：小玩意儿，我的宝贝，你已长大了！我终于可以放心了。从此要好好快乐地生活。

他的目如中夜的星子，深情温软，怜不止，恋不尽。

而后，他替她喂下药片，草忽闪着清亮的眼睛，幸福乖巧地吞了下去，蜷伏在他怀里香甜地睡着了。

第二天早晨，草睁开眼，天地如此安静，她的阿金不在了，她像从一场梦中醒过来，木讷地坐在天空下。

半年后，她才回过神，她开始疯狂地想她的阿金。她望着深夜的星星，呼唤他，星无语；她在夕阳时分的运河边寻找他，只有暮风吹落枝叶声。

草说这些时，泪一颗颗滑下来，我心疼得无法，告诉她："草，你的泪一定也滴在了那边阿金的脸上，他也在疼。

可是，你应该记得，他教会了你如此多，他陪着你走过了苦难坎坷与迷茫，他牵着你长大了，是要你好好快乐地生活，这样，他才心安，他才幸福！你才对得起他。"

草点着头，聪明灵性的她，又哪能不知呢？

萨克斯风仍然还在四围的夜里深情悠长地弥漫着，我又见到了泰坦尼克号正在没顶，杰克瑟缩在冰冷的海水里，用力扶着露丝的甲板，对她说："你会摆脱困境的……你会活下去，你会生儿育女，看着他们长大成人，你会成为老太太死在暖和的床上。不是这儿，不是今天晚上。"

他渐渐松开了手，他浮起安详的笑容，凝视着他心爱的女人，慢慢，慢慢沉入了海底。

阿金与杰克最后永别时的凝视，有着惊人的相似，那是天人永隔的留恋与无奈，是他们用生命在诠释爱。

在阿金与草这段离奇真实的爱情经历中，我们拂开所有关于精神病成因的分析与研讨，拂开如宇宙黑洞般难解的存在于人类的某种玄秘，就如我们看完那部泰坦尼克号一样，无法挽留所有记忆，无法改变凄凉结局，但在那一瞬，我们抓住了一样叫爱情的东西。

我想告诉阿金与草，捧着他们三年多的点点滴滴，捧着阿金对草最后的交代与凝视，我麻木苍悴的心在很多个时间有了热烈跳动的力量。在寒冬的枯枝断桠里，因着这些跳动，我还能望见它们翠绿的春天，能感知日子里不时闪耀着明艳生动的波光。

也相信草如露丝一样，珍藏着这样一份上苍赐予的离奇铭心的爱，坚毅、温暖地行走在人世间。

相信她的阿金在随眼处，时时注视着她，或者，他根本已融入了她，他们合成了现在这个健康自信、聪明智慧的完整的草。

注：

这是一篇我早就要动笔的散文，因为感动太深，有时浸在这些情节里，不能自拔，故情重意滞，竟无法提笔了。

在草儿的纪实体小说《飞越疯人院》加紧创作之际，终还是于昨晚完成了此篇文字，除了写至动情处泪流满面外，再只叹自己腹内所藏之词竟是如此单薄与寒碜，不能书尽他们爱情感人于万一，唯愿君等能于此粗字拙句间，懂个大概，再端心去守候草的这部纪实体小说吧。

2011年1月26日

我以这样的方式回到您怀里

一会儿时间接到许多朋友来电及留言，感动之外，不想让更多亲友们担心，我赶紧把被撞倒在橘子洲大桥的一条微信删了，就睡了。

可能由于受伤部位实在太疼，刚刚醒了。心宝还在下面清洗单车，我伏在枕上，在黑暗里回想着被撞倒地的一幕，开始哭。当然，肯定不仅是因为伤口疼痛，而是我想起了她，我的奶奶。

下午，我与心宝从岳麓山穿石坡湖，在美丽的烟雨中推车返程，过橘子洲大桥时，两个女孩由于看风景而忘记了身处人车来往不息的车道，嬉戏中忘形而突然折身撞过来，撞到快速骑行中的我，连车带人重重摔了下去。

倒地一段时间后我才醒过来，老憨扶我立起。虽然当时不知伤成怎样，但我头昏得已让目光聚不了焦，直想吐。两个女孩紧张地望着天晕地转的我，我看了她们一会后，让她们走了。

事实上，清醒后的那一刻，我心里有怒火。但不知为什么，忽然想起了我的奶奶，想起了她当年被摩托车撞成半死成残后，她醒过来后说的话。

那一年的老家，七十多岁的奶奶移动着三寸金莲走在小镇上。从小教育我们走路要靠边，不要挡着人家路的奶奶自然也是靠着最里边的街道在步行。

一辆出租的摩托车因在高速骑行中回头喊人，而直接撞向街边行走的奶奶身上。她瘦弱的身子被撞飞出很远后才摔下来。

她昏死在地，浑身是血，牙齿全部撞落。

街坊邻里守着她，赶紧给她的儿女们打电话，说是怕不行了。一两个小时后，她在各地工作的六个儿女全部赶到。

奶奶第二天才醒过来。她用无牙的嘴颤巍巍说了第一句话："出什么事了？"

她的病床边围满了人，大家告诉了她发生的事后，她看着那个紧张得说不出话的年轻摩托车手，又颤巍巍说了第二句话："孩子，你不要怕，这不怪你，是我自己的心汗（劫难的意思），我的儿子们不会要你出钱治疗的，他们都是有单位的，都有钱。"

那个闯祸的摩托车手瞬间崩溃，蹲在地上号啕痛哭。而我清贫的多以教书为职的父辈叔伯们你看着我我看着你，许久后，哭笑不得开了句玩笑："我的妈妈呀，你一生只为别人着想。今天菩萨们是不是开会去了，忘记保护您了呢？"

他们遵从奶奶的心，让这位以摩托车出租为生的年轻人走了，但这位年轻人良心上实在过不去，无论如何留下了一点钱在病床上。

我想，他日后肯定会做许多善事。

奶奶住了许久的院，这一次劫难后，她成了跛足的半残人，戴着整套假牙，后来在小镇我的故居里一直生活了二十年。

每次我回去看她，她都是安详地坐在老屋檐下的阳光里，望我笑，叫着我的乳名“菊”，然后依旧是一系列探问：姑姑好不？四叔好不？等等。

一个一个问完后，最后总是会这样交代我：“告诉他们不要来看我，免得浪费路费，我很好，我也不想他们。你的父母侍候得很周到，拖累了你父母呀。”她说这句话时，满脸愧疚状。

她面前时常放着一张凳子，上面一个小本子、一支铅笔。有一次我拿着翻看了几页，一页一页，全是她用铅笔写得整整齐齐的她六个儿女的名字。

从来只为别人考虑，已成她一生的习惯。她一生不知做了多少好事，随便一件，都让人念起而感动落泪。

后来，九十二岁高龄的奶奶辞别人间，被佛祖召回身边去了。有一次家族聚会，我把这事告诉了她的儿女们，她唯一的女儿，我的姑姑当时痛哭不止。

老人哪有不想自己孩儿的，她只是在克制自己的思念，她爱她的孩子，不想给他们添一丁点麻烦，她在寂寞孤独中写着他们的名字，回忆他们的模样，却又不想打扰他们的工作与生活。

奶奶离开我们已多年了，多年来几乎不敢念起她，不敢落笔。纵然行走于千山万水，一念起，依旧会疼得窒息。

所以，今天，我望了一会儿那两个因闯祸而紧张不安的姑娘，一句话没说，让她们走了。是我想起了奶奶，告诉自己这是我今天命里的劫，不怪她们。

刚刚痛醒，抚着下巴上深深的口子，流泪是因为我恍如回到奶奶的怀抱。

就以今年清明时我为她写的那首《梅落》最后一节来收尾这篇小文吧。

疼痛很清醒

梅，我的奶奶

我已无他法

唯把自己修正成你

才能立在寒香月枝上

遇见你曾给过我的春天

2014年5月17日于临屏长沙野庐

也作一篇结束语

——给诗集《归雁声声》

我山高水长赶来

只为你站在少年时

看到我在此刻夜里

正大雪纷飞

——菊女

这是我上个月从西藏到新疆，最后流浪到中国最北疆喀拉斯的夜里，望着车窗外纷飞的大雪吟出的几句。

然后，默然落泪许久。

那刻，从没有过如此清晰地看到自己一生走来，与自己面对面相遇在北疆边境大雪纷飞的深夜。听着雪声，浏览着自己可怜可爱可悲可喜的半生旅程，与自己的少年时和少年时白雪般的情怀静静对视。

我现在才惊觉，这本诗集最合适的结束语莫过于那夜雪中吟出的这几句诗，原是一切都有因缘的。一个圆，还是那个点，看着你出发，等着你回来。恰如南下北上迁徙不止的雁阵，一生都在归家的路上。声声雁鸣，都是春秋。

《归雁声声》诗集名由此而来。

关于我本人与我的诗，前面几位大家写的序言里已有较客观诚恳的评点与分析，当然，我不是指他们文中的溢美之词。

另外，封面内容简介与作者简介我认为我都啰唆了，一啰唆就显得盛名之下其实难副的心虚与浅陋。我只好一遍遍选稿校稿，忍痛割爱，在一千多首诗中选了这一百首，为那些用文字收藏的时光不至于滑倒在我诗集的扉页。

今夜最后一遍校稿完写几句结尾交代时，才发现，我把诗歌早做了一根通向我终极故园的独木桥，我却一直浑然不知。

应该庆幸，我有这座桥，带我的灵魂向着干净的高处不断靠近回归，它让我此生的孤单与忧伤成了一件隆重在隐秘处的事。就像漆黑的夜空，悬着颗寒星，被它照着行走，就成了夜行人一个人的盛事，它是所有情节与方向。

这个与别人知不知道完全没关系。当然，若能共鸣旅途，你我却是温暖的。此，也是归雁声声的意义。

看样子，这样自言自语的啰唆已成根深蒂固的习惯了，我即刻住口。

2015年11月18日凌晨于长沙崖边1612

附内容简介：

诗集《归雁声声》是从菊女多年来一千多首诗中选出的整一百首诗，

代表了她过去人生各阶段对尘世考量的视角与思悟。

这些诗句就是一位流落红尘的游子笃定向自己终级故园寻去归去时的一路喜怒哀乐，一路观想思悟。

读其中长句短句，你会听到秋雁鸣归声。那些彷徨、寻找，剥离的疼痛，止于流年静月，故园清风。

我若离去

前几天，在云水君相册里看到她在琅琊山拍的一组彼岸花，或一枝独燃在岩角，或成片孤艳在暮色，与它们的叶儿依旧一水隔天涯。

晚上，与这位秀女屏上相遇，她正黄酒佐夜。为陪她，我把一壶崖边野茶挪开，温上酒杯，与她隔屏两盏花雕。那个淡寒清冷的冬夜里，听她掠过纤纤往事，疼得寂然。

刚刚一位微友又给我发来一组，说前几日见我微圈里发过这些朵儿，想再递来一些让我欣赏。上次那些片片，其实几个小时后我就删掉了。我因杂事也多，故平日很少与微友私聊。为这位朋友对我默然细微的关注很感动，我再次认真浏览了她发来的这些孤放的生命。

就想起了一语：我若离去，后会无期。

叶生不见花，花开不见叶。上苍让这些娇艳的朵儿成为尘世生离死别的标签，给了它们如许多的凄美传说，是想告诉我们这一趟不管不顾赶赴红尘，注定只是一场又一场的别吗？

那晚，在云水君的花影里，见这一朵朵盛开之颜像极一双双伸向苍天的手，在苦苦乞求还来它们深爱的人。

伏案隐泣许久。

庄子鼓盘而歌固然超脱，我却还是愿意深深感动在那些甘愿流落红尘深处，无论生离还是死别，在清醒中疼痛的人们。

曾目睹过一场爱人永别。那十八个小时，让我自此害怕爱之过深。

那年那月，我从北京赶到石家庄某医院，接回多年救治已彻底无望的妹夫返湘。一千多里回乡之路，走得肝肠寸断。

出发时，一轮夕阳凄惶惨淡在天边。那个曾叱咤职场堪比周公瑾的男人，已瘦成一张黄色皮影躺在救护车内的担架上，时而昏迷时而清醒，血水不时从口内涌出。十八个小时，妹妹一直半跪在地上抱着他的头，一声声唤着："宝贝别怕，坚持，我们回家再治。"

我坐在后面，看着这一对恩爱的人双手紧紧相握，想着他们五六年来倾家荡产到处求医的酸楚、不离不弃的执着，却到底还是无法抓住她的爱人垂落的生命，那种无助和绝望呵！十八个小时，我像雕塑一般，滴水未进。几次在他们紧紧相拥的哀声里，想冲下去撞向车轮。

第二天上午回到老家医院，在妹妹沙哑无力的呼唤中，他的身子渐渐凉去，目慢慢闭阖，眼角挂着一颗泪。

我一直握着他的手，念着观世音送别他。佛号里，他走得终是平静安然，却留下一颗千般不舍的泪。

在忙完他的三天葬礼后，我已彻底哑声，全身浮肿，一头栽倒在医院。

他的墓地是我亲自所选，那年送他上山后，再没去过。我是软弱的。

这一别，自是永隔。而妹妹带着他们的儿子还得继续辗转光阴。有时半夜醒来，忽然就念起了她，泪落一枕。这五年多来，想她必是有过多少不眠之夜。明月松岗处，肠断几寸。纵使轮回路上再次相逢，怕已是不识了。

如果不曾那般深深爱过，疼会不会就少一些？可今生找到了彼此，又如何不这般深深爱呢？

我在眼前一片一片惊心绝艳的彼岸花里倾听着回音。

也曾为那生离的苦而放声恸哭。那年成都的纳米爱邸，一位叫关露的女子打湿过我的黄昏和夜晚。记得那天心宝说起这个名字后，我便沉浸在她的纪录片中，等他把饭菜做好来叫我时，我坐在床上已哭得几近昏厥。

一个苦命却芬芳的女人！她纯粹为书写一部传奇而来。

一张男人的照片，和男人送给她一句“你关心我一时，我关心你一世”的话中，她坚持在敌营里苦熬六年特工生涯，等着做他的新娘。日本投降了，眼见佳期将至，而我们的党却因种种顾虑阻止了这桩爱情，中华人民共和国首届外交部副部长王炳南就这样与等了他十年的女人生生别离。

她没被敌人打倒，也没让误会谩骂摧毁，却在这一场别离中崩溃，精神失常。

我无法去想象这个美丽才情的女子后来是如何走过几十年磨难不止的光阴。只知她从此再没提及他，没见过面。

她一直独身，窝在斗室，一个布娃娃陪着晨昏，没有辩护，没有抱怨。平反昭雪后，她在七十六岁时的一个寒冷冬日的黄昏，平静自杀，落花般悄寂。

整理遗物时，发现她枕边放着王炳南当年送给她的那张照片，照片背面是他写给她的那句关心一世的话，还有她自己的一句血泪之声：“一场幽梦同谁近，千古情人独我痴。”

她的追悼会上，一处角落里，有人看到一个须发花白的老人一言不发，悄悄抹泪。

她到底是做到了若离去，后会无期。她用自杀完成了对自己的爱人几十年来深深浅浅的念与怨，也完成了对命运给她这一生人世的总陈词。

只是那彼岸之花，开得人心里生生地疼。

此刻夜又深来。

一杯崖边清茶里，不觉望过那些山重水复去。生命中，也许有人注定已开成你一生的彼岸花，我们能做的，如果无法忘却，那就直面吧，彼此遥遥感念这份天边的孤艳，然后怀着它的恩义去爱你的近边人间。

而更多的，是希冀。这一朵朵燃烧的彼岸心花其实也是上苍在提醒，一场尘世之旅，辗转茫茫万千，遇上了，爱了，给了我们重逢今生，就请珍爱呵护这份不易。不然，一个转身或许就是生生世世。

但，无论生离还是死别，我还是宁愿以为，定有一处所在会让他们重逢，后会有期。

后会有期吧!

2013年12月28日夜于长沙崖边野庐

几声故土情

去年，家乡一个微信平台“安乡蕴味站”要把我诗集《归雁声声》放在老乡圈里宣传售卖，希望我简短讲下自己对家乡的情感，不然会让我天南地北的老乡们有些不明所以。

这倒是实情。我是谁？突然冒出个女诗人，放谁身上都有些突兀。我自然没理由推辞了。

又还交代不能写多，就三言两语写明白个大概便成。

这我是知道的，微信上发文章，切忌过长，现在这世道，不说没人看，就是有人看，把人看烦了，更不会买你诗集了。

呵呵，这当然是说笑。

以上文字，是因为我今天完成了以故土人事为主体的散文集《老树醒着》，发现去年这篇简短的说明做我这本散文集的结束语很合适。

他们去年对我那看似简单一说，我坐下准备敲字时，才发现这个话题有些沉重。但再沉重，也要说出个三言两语的。

这本散文集是以“老树醒着”近二十篇散文为主体成集。当初创作它的原因可以用《大表兄》那篇开头语说明：这些日子，回到老家养病，难得空闲，正好把故乡一些久藏于心的人与事记下来，成一组“老树醒着”系列散文，那是我记忆里的吉光片羽，是我生命中的最重最暖、血脉里经年累月流动的呼唤。

岁月的风头上，那棵老树一直醒着，静静地看着我和我的邻里乡亲，带着日子走过去。

是的，菊女生于斯，长于斯，由着心接受百般磨难大多也于斯，我一遍遍决然离开它又一遍遍走回来。

这么多年的流浪，千山万水，这片水土永远是我心头每天的夕阳与月光，望过去，我无着无落的忧伤就有了方向，荒凉的心会生起暖意，虽然，有些忧伤依旧在弥漫。

我最欣赏沈从文先生叙述自己家乡的那些个朴素真挚的文字，他深爱着那片故土和故土上他的乡亲。

跟他一样，我写“老树醒着”这组散文，也是因为在那片土地上平凡庄严活着或死去的人，都是与自己生命心心相系。写他们，其实是在剥开光阴的外壳写自己，写爱。

他们每一个人的生死，都有着那个时代与日子的缩影，没有一个无缘无故地来与去。他们虽是默默的卑微者，却有着朴素的伟大处，就像野草的枯荣般，它让春风盛大了业绩，让春光无限远。

我的那些文字都是平淡的叙述，其实在创作过程中，是压抑着自己的情绪的，多次或心潮澎湃或伏案哭泣，甚至有很多次几乎写不下去。可以肯定地说，我深深爱着它们。

至于这组散文以外的文字，那是一些春日里的和风、季节里的吉光片羽，也有那些夜深处的寞言，都是一路走来的心迹，本应重新成集的，可惜篇数不够。而“老树醒着”系列还有许多没有完成，就把它们凑成一本了，实因生计奔波，不能全力笔耕之故。

年前得医生通报，才知自己的病况已在向死亡伸手了，感觉有必要认真对待了，虽说要尊重死亡，但必须是在尊重生命的前提下。

所以沉下来专心流浪专心写字的日子应该不会太远了。

说到我多年的流浪，那天对它们写道：

有些亲爱与抵达只能用告别和出发的方式。我们大多时候，一生都在乡愁里思念，寻找，伤与乐，就是站在了故乡的土地上，这份乡愁依旧在，那是一份浸入骨髓的情结，是一种精神依靠和心灵归宿的趋向感。

故乡是我们灵魂的奠基地。后来告别，后来流浪，多是趋向我们内心那座缥缈的终极故园。而这片生我养我的故土，以其我记忆中永远的乡亲、老树鸟窝、清清的河水、炊烟里爷爷奶奶唤归声等诸如此类，承载了我一生流浪的因果，替我看护着那颗回归的心。

所以，对故土的爱，有着人本原始性。那么，这本集子，就是我对故乡和故乡人事原始的爱。

也巧了，像那晚一样，这刻深夜窗外，春风含凉，我望向故乡，亲爱无边，各种故乡的味道，依旧漫涌过来。

一首录入《归雁声声》诗集里的小诗可以代表菊女对家乡的全部情结：

指间水月

菊女

江天一色无纤尘，皎皎空中孤月轮

立在故乡深夜河堤上

望一眼家门
望一眼月
那年你不辞而别后
她一直在流浪
试图泅于无根之水
以飘萍状截断记忆和母体
她把自己当弃儿
与尘事无关，与故乡无关
当然，也与你无关
不知是水欺骗了她
还是她欺骗了水
今夜 她被带回来
被带回来的还有两手空空
我见她向河水走去
那河水泛着时间的青光
她轻轻捧起，水在指间
月在水中，她用指间水月
叩开荒芜已久的家门

2015年7月27日于安乡

缀：前晚独步家乡月下河堤，与子逸说捧片水中月回家，因之约好同题一首《指间水月》，她写歌词，我写诗。她的歌词早就写好，我却刚刚对着雨夜一轮皎月才落成。

都不重要，重要的是她在如逝水的时间里，终于捧得一轮明月归来。

萍踪君评《老树醒着》

《老树醒着》是一本很优美的散文集，最近，每次走进来，都感觉很安静，读着这些文字都被深深吸引住，获得一种愉悦和欣喜，看来菊女这次回归不是简单意义上的回归，而是实实在在宁静的回归，对纯净、优美的自然乡情无穷向往的回归。甜味的村庄，油菜花的田野，雪地上野兔，沟渠里的哑语，牛屋中的吆喝，生涩，透明，浮在明朗的黄昏，时光把思绪推向更遥远的地方，一些人，一些爱，一些事，一些永远流逝的美好的形象，在记忆的拐弯处，站着，一条安详蜿蜒的小径，正向着童年的方向。

菊女用一种恬淡的心情，通过朴素亲切的文字，娓娓道来儿时的生存状态和思想状态，对浓郁乡情的陶醉，对生命与社会的静静思考，使我怦然心动，在这样的哼哼唧唧的城市的声音中，看着这样的文字，别有一番滋味。

平易见真情，雪地上打猎的大表兄，让我想起少年闰土的形象，树枝上的麻雀，一枪命中，来生的“明年”去打猎，这样的寂寞，也是令人神往的寂寞。

没有语言的人常常使人觉得枯燥无味，但哑叔是个例外，残障的身上表现出聪明、诚实、天真和自强不息的优秀品质，沟渠里的那一段非常动人。

父母之情大概就是人世间最普通也最珍贵的感情，这就是《背影》这样的散文长久生命力的原因。黄伯与牛，我都分不清哪是人哪是牛了，勤劳忠厚朴实，父女之间的故事很平淡，没什么惊心动魄，但菊女的叙述却让人心颤，什么原因？很简单，一个“情”字！

这样质朴动人、蕴含深情的散文是不好写的，考究一个人的文学底蕴，必须写得情真意挚，写得有个性才能写好。《老树醒着》，所有这一切，菊女都像一个街坊邻居，轻轻道来，没什么铺张渲染，也不故作激动，然而，动人的真情却在自然朴实的叙述中源源流出。

正是这种真实质朴的感情深深打动了我。这个社会和时代是不是有兴趣和耐心来倾听乡情优美的叙述和表达呢？读这样的散文，让人沉静下来，不过有个前提，必须接受向往这种沉静。所以，我想也许不是人人都有耐心来读完，也就是说并非人人都能有这种流连乡情的缘分。

一个路过你村庄的浪子，斗胆问候菊先生。

永恒，一朵永开不败的刹那之花

——评《老树醒着》之《橘林深处》

春　草

永恒，一朵永开不败的刹那之花。在这样看似矛盾的感悟中，我再一次从菊女的文章《橘林深处》，看到支撑它成立的力量。

《橘林深处》，这篇文章是一篇叙事散文，讲述高中时代的“我”和一个年纪相仿的打工少年强在橘林中的一面之缘。虽是一面之缘，但强的清苦和安忍、质朴和羞涩，以及在成长中的那股男人气，那份对“我”的情意，竟让我一生难以忘怀。

我想起《伊豆舞女》中那个拿竹竿给三浦友和的少女，想起她见到心爱的人光着身子站起来的样子。那份纯的鲜亮的情与爱、天真与希望，那份在复杂沧桑的人世中蜕变的挣扎和顺从、迷茫与心酸，同样从菊女的这篇《橘林深处》漫散开来。

强的羞涩和对“我”的不舍，在某种程度上契合了影片中那个不谙世事的少女的心。只不过，强更显出了一份男人骨子里才有的醇厚和担当。

那么小的强，已经隐约着在懂人世的深浅和潜在的规律，并且也让人感到他能将这些延续下去，到完成生命的最终时刻。从他的察言观色，到他刻意地隐藏对“我”探索的眼神，到他在活计中的认真和顺理成章，都显示出了一个生活在最底层的打工仔的小心翼翼和珍惜。那是一个男人的含蓄也是自尊。

这种含蓄，来自对异性朦胧的吸引，这种自尊来自对自己所能付出的一切的暗自忖量。文中结尾，他临风而立的守望，是在倾尽自己仅有的真诚和眷恋，倾尽一个男人对温暖、甜美的人性光芒的深沉渴望和无奈。这，就是使菊女一生难以忘怀的男子气。

片片枯落的日子，有这样一双注目牵引着，有这样一个身影鲜活着，菊女不只是在写她的经历、她的情爱，也是在写碌碌人生中的我们，那些擦身而过的情缘，那些青涩朦胧的喜爱，那些含蓄未明的往昔，那些看似轻灵却深埋心底的纯素，那些吹不散的原始真欲里的萌动，那些只要回头就没了距离的守候。

这文章中的文字，如轻烟一样，袅袅升起童年的真和纯，化开一个真实的梦。

日复如流，在纷繁的人生中，想起这样一份情，让一份纯澈滋养片刻清欢，让一份清柔钝化朽气，让一份潜藏心底的静谧模糊打拼的世界的分明，这便是此文要给我们的享受和安慰了。

橘林深处，亦是我心深处。相信，不仅菊女在为这段往事，让心门打开柔软的渴望，我们这些俗子，也会为流年中那些叫不上名字的情和爱，在心头，悄悄立一座碑，来收容被挫败和风尘打散的灵魂。

文章关于景色的描写极为用心和深沉，特别是这句：“他的四周，是暮色中渐呈黝黑的海一般的橘林。”凝练的语言，把人和人之间的那股情意，那份命运的深不可测，那份如烟飘断续的缘，衬托得不可言喻。

菊女刻意用对比的手法，以开篇的“我”和妈妈之间的欢乐，衬托强的日记中对母爱的渴望和人海漂泊的孤独，尽显出菊女的同情、善良，和那么小就深刻理解人心的内在含蕴。对强这一份无望的青睐和爱，用同样稚嫩的心收藏着，珍惜着，显出无限可爱和慈悲。

老树醒着，换句话说，因为有这样的爱、这样的情，单纯却不单薄，深沉却不沉重，在简单却不可轻慢的情绪中，让意识变得格外清醒，让人生更有根基。蓄着这样的往事，未来的路再远也不迷失。

这样的文章，怎一个“好”字能一了情结？！